KB025226

인생의 봄에는 할 일이 참 많습니다

일러두기

이 책에 수록된 모지스 할머니의 어록은 당시 기사, 인터뷰,
공개된 자필 편지, 구술 기록 등을 바탕으로 편집 구성되었습니다.

인생의 봄에는 할 일이 참 많습니다

1판 1쇄 발행 2023년 2월 23일
1판 2쇄 발행 2023년 3월 13일

지은이 애나 메리 로버트슨 모지스
옮긴이 류승경
발행처 (주)수오서재
발행인 황은희 장건태
책임편집 마선영
편집 최민화 박세연
디자인 권미리
마케팅 황혜란 안혜인
제작 제이오
주소 경기도 파주시 돌곶이길 170-2 (10883)
등록 2018년 10월 4일(제406-2018-000114호)
전화 031 955 9790
팩스 031 946 9796
전자우편 info@suobooks.com
홈페이지 www.suobooks.com
ISBN 979-11-90382-96-0 (03840) 책값은 뒤표지에 있습니다.

이 책은 저작권법에 따라 보호받는 저작물이므로 무단전재와 복제를 금합니다.
이 책 내용의 전부 또는 일부를 사용하려면 반드시 저작권자와
수오서재에게 서면동의를 받아야 합니다.

101세 화가 모지스 할머니의 말

인생의 봄에는 할 일이 참 많습니다

애나 메리 로버트슨 모지스 지음

류승경 편역

수오서재

차 례

1부

나이 듦과 죽음에 관하여

그저 실없는 이야기나 잔뜩 늘어놓고 웃고 또 웃다 보면 당신도 그 나이가 될 거예요.

백 살까지 사는 건 정말이지 아무것도 아니에요. 그저 실없는 이야기나 잔뜩 늘어놓고 웃고 또 웃다 보면 당신도 그 나이가 될 거예요. 그렇게 쉬울 수가 없어요. 다들 내 생일 준비로 난리들인데 일일이 챙길 겨를이 없네요. 저기 소파 위에 있는 그림들을 끝내야 하고 내 방도 온통 어질러져 있어요. 지난봄부터 치우려고 벼르고 있답니다.

믿음을 가지면 걱정으로 세월을 허비하지 않을 거예요.

(동네를 휩쓴 태풍이) 나는 하나도 안 무서웠어요. 믿음이 있었거든요. 당신이 여길 떠날 때 저 문으로 걸어나가겠지요? 인생도 그뿐이에요. 앞날은 예정되어 있어요. 어쩔 수 없답니다. 그냥 믿음을 가져보는 거지요. 믿음을 가지면 걱정으로 세월을 허비하지 않을 거예요.

93세에 기자와 인생에 대해 이야기를 나누다 한 말.

심심할 틈이 없어요.
여든다섯인데도요.

있잖아요, 저번 전시회가 끝나고 어떤 화장품 회사에서 루주를 선물로 보내줬거든요. 발라보려고 했더니 도로시, 얘가 허락을 안 해주는 거예요. 그 나이에 노상 자랑만 하고 다니는 도시 할머니들처럼 되고 싶으냐고요. 또 언젠가 담배나 피워보겠다고 했더니 그것도 절대 안 된대요. 셰리나 스카치위스키에 레몬이랑 물을 타서 마시면 기분이 좋아질 거라고요. 난 이미 기분이 너무 좋아서 당장 위층으로 올라가 그림을 하나 더 그릴 수 있는 걸요. 그림 그리기가 시시해지면 피아노 레슨을 받아보려고요. 정말 할 거예요, 두고 보세요. 참말이지 심심할 틈이 없어요. 여든다섯인데도요. 일어나서 여기저기 돌아다니며 늘 뭔가를 하는 게 좋아요.

1949년 막내아들 휴가 갑작스럽게 죽고 난 후 막내며느리 도로시와 함께 살았다.

무얼 해도 세월은 흘러갑니다.
별수 없지요.

바쁘게 살고, 좋은 사람들과 지내고, 몸과 마음이 튼튼해지도록 꾸준히 노력해보세요. 앞날에 대한 믿음도 꼭 잃지 않았으면 좋겠습니다. 우리가 뭘 하느냐는 아무 상관이 없어요. 모든 게 정해져 있거든요. 무얼 해도 세월은 흘러갑니다. 별수 없지요. 하지만 믿음만 있으면 그 무엇이라도 극복할 수 있어요.

청년들에게 해주고 싶은 조언이 있냐는 질문에 답하며.

앞으로 나아가야지요.

저는 예전으로 돌아가고 싶지는 않아요. 앞으로 나아가야지요.

마차가 다니던 시대로 돌아가고 싶으냐는 질문에 답하며.

삶을 통틀어
무엇이 가장 자랑스럽냐고요?
몇몇 사람을 도운 거요.

93년의 삶을 통틀어 무엇이 가장 자랑스럽냐는 한 방문객의 질문에 답하며. 모지스 할머니를 만나러 온 수천 명의 관광객의 출입을 제한하기 위해 집 대문에는 호텔 방에서 가져온 '방해 금지' 팻말이 걸려 있었다.

물론 내가 마흔일 때는
그렇게 계산하지 않았지만요.

첫돌 전에 이미 한 살을 먹은 거잖아요? 그러면 지금 아흔 살이 맞지요. 물론 내가 마흔일 때는 그렇게 계산하지 않았지만요.

한 달 전에 89번째 생일을 맞았지만 실은 90세라고 억지를 부리며.

아흔다섯까지 살면 슬픈 기억도 생기고 삶의 추잡함도 알게 되기 마련이에요. 하지만 그런 걸 그리고 싶진 않아요.

아흔다섯까지 살면 슬픈 기억도 생기고 삶의 추잡함도 알게 되기 마련이에요. 하지만 그런 걸 그리고 싶진 않아요. 나는 예쁜 그림을 그립니다. 예쁘지 않은 것을 그릴 때면 조금씩 다듬어주고요. 그림을 보고 사람들의 기분이 좋아지지 않는다면 뭐 하러 그리겠어요?

이번 생일에 그치지 않고
꼭 백 살까지 살 거예요.

요즘은 백 살까지 안 살면 명함도 못 내미니 이번 생일에 그치지 않고 꼭 백 살까지 살 거예요.

92세에 라디오 인터뷰에서 한 말.

여든여덟 먹은 할망구가 이 돈으로 뭘 하겠어요?

이 돈이 오래전에 있었으면 좋았을 텐데요. 여든여덟 먹은 할망구가 이 돈으로 뭘 하겠어요?

정신이 말짱한 거지요!

손이 안 떨리고 말짱하냐는 질문에 답하며.

일흔일곱에 은퇴할 수야 없잖아요.

일을 해야 한다고 말해주고 싶네요. 어떤 종류의 일이든, 일은 우리에게 행복을 더해줘요. 나는 열두 살에 집을 떠나 가정관리사를 했어요. 평생을 바쁘게 지냈고 즐거웠습니다. 할 일이 차고 넘치는데 잠자는 건 어리석게 느껴져요. 사람이 늘 무언가에 몰두하고 마음과 손을 부지런히 놀리면 불만이 생길 겨를도 없을 겁니다. 일흔일곱에 은퇴할 수야 없잖아요.

노년층에게 해주고 싶은 이야기가 있냐는 질문에 답하며.

재고 있을 필요가 없지요.

시간은 언제나 똑같이 흘러갑니다. 재고 있을 필요가 없지요.

어때, 88세 된 노인네치곤 나쁘지 않지?

프랜시스의 졸업 소식을 전해줘서 고맙다. 프랜시스가 자랑스럽고, 앞으로 살면서 행운이 따르길 바란다. 제 엄마와 할아버지가 얼마나 자랑스러워했을까. 지금은 시간이 없어서 프랜시스를 보러 가기 어려울 것 같아. 주문이 밀려들어 마음이 바쁘네. 하지만 수표를 동봉해서 보내니 프랜시스에게 축하 인사와 함께 전해줄 수 있겠니?

아직 사진은 못 받았는데 한 장이라도 가지고 있으면 참 좋겠구나. 프랜시스에게 할미가 그린 그림 8,000점 중 하나가 명예의 전당에 걸렸다고 전해주렴. 어때, 88세 된 노인네치곤 나쁘지 않지? 게다가 아직 내 자랑할 힘도 남아돌잖니(웃지 마라).

1947년 6월 6일 베티 모지스(첫째 아들 포러스트의 딸이자 모지스 할머니의 손녀로 추정)에게 쓴 편지 중에서. 프랜시스는 1932년 요절한 모지스 할머니의 막내딸인 애나의 딸이다.

세월을 돌이켜볼 날이 올 것이고 대부분의 시간이 좋아 보일 거예요.

바쁘게 지내면 화를 부를 일도 없어요. 자고로 화를 입기 전부터 지레 화를 부르지 말랬어요. 그날그날에 나를 맡겨버리면 어느 순간 96년의 세월을 돌이켜볼 날이 올 것이고 대부분의 시간이 좋아 보일 거예요.

나를 잊고 남을 생각하면 됩니다.

성공과 장수의 비결을 물은 기자에게 한 말.

생일은 젊은 사람들이나 챙기는 거지요.

사실 생일 생각은 안 하고 살아요. 생일은 젊은 사람들이나 챙기는 거지요.

101번째 생일에 한 말.

그냥 내년 이맘때 오세요.
그때 또 만나요, 우리.

올해는 생일파티를 안 할래요. 사람들이 왔다 갔다 하는 것도 일이에요. 사람 만나는 건 좋지만 너무 부산을 떨기는 싫습니다. 그리고 내게 생일 축하 인사는 하지 말아주세요. 아이고, 하지 말라니까 그러시네. 그냥 내년 이맘때 오세요. 그때 또 만나요, 우리.

99번째 생일을 취재하러 온 기자에게 한 말.

이제 내가 할 수 있는 일은
처음으로 돌아가서
다시 시작하는 것밖에 없어요.

나는 백 살이에요. 아직도 기분은 신부인 것 같지만요. 여기까지 왔으니 이제 내가 할 수 있는 일은 처음으로 돌아가 다시 시작하는 것밖에 없어요. 그렇게 할 거예요.

지나간 일은 지나간 대로,
그렇게.

살다 보니, 실망스러운 일이 있더라도 불평하지 말고 지나간 일은 지나간 대로, 그렇게 흘러가도록 내버려두는 것도 좋다는 생각이 듭니다.

춤이나 추자고 친구 몇 명은 초대해놨어요.

100번째 생일에 대해 생각은 별로 안 해봤지만, 그때 춤이나 추자고 친구 몇 명은 초대해놨어요.

90번째 생일에 100번째 생일 계획에 대한 질문에 답하며. 모지스 할머니의 90번째 생일을 기념해 올버니 역사예술협회에서 단독 전시회가 열렸고 600여 명의 지인이 참석했다.

나보다 어린 사람이 누렸으면 좋았을걸.

나보다 어린 사람이 누렸으면 좋았을걸, 싶어요. 물론 돈은 좀 벌었지만, 쓸 수 없는 돈이 무슨 소용이겠어요? 작년만 해도 오하이오주에 있는 가족 모임에 가고 싶었지만 못 갔는데.

자신의 성공에 대해 어떻게 생각하느냐는 질문에 답하며.

아직 말씽 피울 힘이 있을 만큼은 건강하죠.

아직 말씽 피울 힘이 있을 만큼은 건강하죠. 잘 먹고 잘 자고, 낮에는 한 시간씩 낮잠을 자기도 해요. 제일 좋아하는 음식은 삶은 양배추와 옥수수죽이고, 커피를 즐겨 마신답니다.

마음을 계속 활기차게 움직여봐요.

마음을 계속 활기차게 움직여봐요. 그러면 자기는 괜찮아질 거예요.

수술 후 회복 중인 지인에게 한 말.

당최 이 늙은이를 올라가게 해줘야 말이지요.

요즘 들어 스키점프를 통 못 했네요. 이 동네에 언덕은 많은데 당최 이 늙은이를 올라가게 해줘야 말이지요.

93세 때 할머니를 만나러 온 스위스 출신 버몬트주 주지사에게 한 말.

장수할 생각을 버리는 거예요.
그거야 아주 쉽지요.

장수의 비결과 100세까지 살 수 있을 것 같으냐는 질문에 답하며.

나더러 너무 늙었다지만 나는 그렇게 생각하지 않아요.

내가 작업하는 모습을 그림으로 보여줘서 좋네요. 난 분주한 게 좋거든요. 사람들이 나더러 너무 늙었다지만 나는 그렇게 생각하지 않아요. 이것 말고도 집에 초상화가 열네 점이나 있는데, 모아두고 쥐를 쫓는 데 쓴답니다.

오랜 친구이자 화가인 존 F. 히긴스가 그려준 초상화를 보고 한 말.

제발 특별 대우해주지 마세요.

휠체어는 타기 싫어요. 컨디션도 좋을뿐더러 집에서 하루에 몇 번이고 계단을 오르내리는걸요. 그러니 제발 특별 대우해주지 마세요.

90번째 생일파티를 준비하는 사람들에게 전한 당부. 그럼에도 불구하고 올버니 시장은 9월 7일을 '모지스 할머니 날'로 선포했고 지역 상인들은 가게 유리창에 커다란 축하 카드와 초상화를 진열했으며 적십자에서 간호사 팀을 파견해 생일 행사 내내 모지스 할머니의 상태를 살피도록 했다.

팔순이 넘어서도
이로 호두를 까는 속도가
먹는 속도에 맞먹을 정도였지요.

그때는 양치질이라는 개념이 없었어요. 거친 음식만 먹었기 때문에 지금처럼 양치질이 필요하진 않았던 것 같아요. 케이크를 잘 안 먹었고 어쩌다 먹는다고 해도 주로 옥수수 전분으로 만든 케이크였어요. 그래서 그때 사람들 치아가 더 튼튼했는지도 모르겠습니다. 레스터는 치통 한 번 앓은 적 없고 이를 뽑은 적도 없거든요. 팔순이 넘어서도 이로 호두를 까는 속도가 먹는 속도에 맞먹을 정도였지요.

레스터는 모지스 할머니의 첫째 오빠다.

그런가요? 조만간 생기겠지요.

89세에 어떻게 주름 하나 없을 수 있냐는 질문에 답하며.

행실을 고쳐먹으려고 노력 중이에요.

바닥에 무릎을 찧었어요. (윙크를 날리며) 아주 오랜만에 무릎을 꿇어봤네요. 난 정말 괜찮아요. 일어나서 뭐라도 해야 하는데. 보드와 붓이 날 기다리고 있지만 의사 말이 이곳을 떠나면 안 된대요. 내가 무릎을 자주 꿇지 않아서 하느님이 벌주시는 걸까요? (또 한 번 윙크를 날리며) 행실을 고쳐먹으려고 노력 중이에요.

101세에 방 맞은편에 있는 물감을 가지러 갔다가 다리에 힘이 풀려 주저앉았던 일을 두고 한 말.

많이 웃으세요. 농담도 하고요.

많이 웃으세요. 농담도 하고요. 혼자 있을 때는 농담을 생각해내 보세요. 행복하게 지내고 바쁘게 지내세요. 그렇게 하면 돼요.

100번째 생일에 어떻게 하면 100세까지 살 수 있냐는 질문에 답하며.

아마 내가 오래되어서 그런가 봅니다.

다음에 무얼 그려야 할지 모르겠지만, 지금까지 해오던 것과 다른 걸 해보려는 중이에요. 좀 더 모던한 거요. 줄곧 오래된 풍경을 그려왔거든요. 아마 내가 오래되어서 그런가 봅니다.

95세에 한 TV 인터뷰에서 다음에 무얼 그릴지 결정했냐는 질문에 답하며.

일흔일곱 살이 되기 전에는 내가 그림을 그릴 수 있다는 사실을 전혀 몰랐어요.

일흔일곱 살이 되기 전에는 내가 그림을 그릴 수 있다는 사실을 전혀 몰랐어요. 그 나이가 되어서야 그림을 그리기 시작했지요.

할머니가 그림을 그리기 시작한 나이는 출처마다 조금씩 다르다.

늘그막에 찾아온 유명세나 언론의 관심에 신경 쓰기에는 나는 나이가 너무 많아요.

내가 만약 그림을 안 그렸다면 아마 닭을 키웠을 거예요. 지금도 닭은 키울 수 있습니다. 나는 절대로 흔들의자에 가만히 앉아 누군가 날 도와주겠거니 기다리고 있진 못해요. 주위 사람들에게도 여러 번 말했지만, 남에게 도움을 받느니 차라리 도시 한 귀퉁이에 방을 하나 구해서 팬케이크라도 구워 팔겠어요. 오직 팬케이크와 시럽뿐이겠지만요. 간단한 아침 식사처럼 말이에요. 그림을 그려서 그렇게 큰돈을 벌게 되리라고는 꿈에도 생각지 못했어요. 늘그막에 찾아온 유명세나 언론의 관심에 신경 쓰기에는 나는 나이가 너무 많아요.

아흔다섯 살이 되면 말입니다.
너무 먼 미래는
계획할 필요가 없답니다.

이미 너무 많은 그림을 그린 탓에 이제부터는 더 열심히 상상하고 기억해야 해요. 그래도 계속 뭔가는 생각해내겠지요. 아흔다섯 살이 되면 말입니다. 너무 먼 미래까지 계획할 필요가 없답니다.

95번째 생일 전날에 〈뉴욕 타임스〉 취재진에게 한 말.

늙지 않기 위한 내 원칙은요.
바쁘게 지내고 젊은 사람들과
웃으며 지내는 거예요.

늙지 않기 위한 내 원칙은요. 바쁘게 지내고 젊은 사람들과 웃으며 지내는 거예요. 야한 농담이라도 개의치 말아요. 웃으면 그만이에요.

며느리가 옆에서 핀잔을 주자 윙크로 화답했다.

나는 이백 살까지 살 거예요.

100번째 생일에 한 말.

지금도 나는 내가 늙었다는 기분이 전혀 들지 않아요. 손주 열한 명과 증손주 열일곱 명을 둔 할미이지만요.

이 나이가 되니 세월이 어떻게 갔는지 모르겠네요. 차라리 열여섯 살 때가 내 나이를 가장 실감했던 것 같아요. 어떻게 보면 난 늘 그렇게 살아왔던 것 같습니다. 지금도 나는 내가 늙었다는 기분이 전혀 들지 않아요. 손주 열한 명과 증손주 열일곱 명을 둔 할미이지만요. 참 많이도 두었네요!

1952년에 출간된 자서전 중에서.

그 옷 모두 닳도록 입으려면 오래오래 살아야 해.

내가 어렸을 적에는 단옥수수가 없었어. 그러니 너희는 복 받은 것 같지 않니? 올해 옥수수는 참 달고 좋구나. 어머나, 크리시 치마가 아주 예쁘구나, 새로 산 거니? 나는 물감을 잔뜩 묻힐까 봐 치마를 몇 벌 못 입지만 예쁜 치마를 아주 많이 가지고 있단다. 그 옷 모두 닳도록 입으려면 오래오래 살아야 해.

이글 브리지 자택 마당에 앉아 증손주들(6살 리처드, 7살 크리스틴/크리시, 4살 스티븐)과 이야기하며.

방 안을 팔짝, 팔짝, 팔짝
뛰어다니고 싶어요.

혼자 걸을 수 없게 된 101세 때 한 말.

나이를 이렇게 먹고서
얼마나 더 살길 바라겠어요.
그 또한 크나큰 축복이란
생각이 들어서 걱정은 안 해요.

저 위로 올라가겠지요. 그러는 게 순리일 거예요. 나이를 이렇게 먹고서 얼마나 더 살길 바라겠어요. 그 또한 크나큰 축복이란 생각이 들어서 걱정은 안 해요. 다 함께 다시 모일 수 있다니 얼마나 큰 축복이에요. 형제 중에 이제 나 혼자 남았어요. 아버지 어머니도, 이모랑 고모들도 모두 먼저 갔고요. 이제 사촌 몇 명만 남았네요. 잠들었다가 저세상에서 깰 거예요. 아마도 그렇게…….

잠든 사실을 스스로 인지한 적이 있나요? 마지막, 가장 마지막 생각이 든 순간이 언제였는지 모르지요? 다음 날 아침 일어나서 내가 그런 생각을 하고 있었지, 할 수는 있어도 마지막 생각을 하는 그 순간에는 모르잖아요. 그렇게 잠이 드는 거예요.

95세에 앞으로 20년을 어떻게 보낼 계획이냐는 질문에 답하며.

101번째 생일은
나의 첫날처럼 보내고 싶어요.
아주 조용히.

집에 돌아가자마자 다시 그림 그리기 시작할 거예요. 내가 아무리 친구들과 이웃들을 만나기 좋아해도 파티는 100번째 생일파티 한 번으로 충분하다는 걸 깨달았어요. 101번째 생일은 나의 첫날처럼 보내고 싶어요. 아주 조용히.

101번째 생일을 앞두고 요양원에 찾아온 아트 딜러 오토 칼리에에게 한 말. 자신 앞으로 온 수많은 꽃다발을 요양원의 다른 노인들과 나누어 가졌다.

그래도 이보다 더 잘 살 수 있었을지 모르겠어요.

길고도 고된 삶이었습니다. 그래도 이보다 더 잘 살 수 있었을지 모르겠어요. 아마 그러진 못했을 겁니다.

99세에 〈뉴욕 타임스〉 인터뷰에서 한 말.

2부

일상과 삶에 관하여

세상에 똑같은 할머니가 없듯이 말이지요.

그림을 그릴 때면 어린 시절을 다시 살아보는 느낌이 들어요. 때로는 상상만으로 그림을 그리기도 하는데, 그 장면을 여러 번 그려봐요. 할머니는 계속 똑같은 그림만 그린다고 말하는 사람들이 있더라고요. 그런데 세상에 똑같은 강은 있을 수 없고 똑같은 나무, 똑같은 하늘도 있을 수 없습니다. 세상에 똑같은 할머니가 없듯이 말이지요.

모지스 할머니는 종종 자신을 할머니라고 삼인칭으로 불렀다.

인생의 봄에는 할 일이 참 많습니다.

〈봄에In the Springtime〉(1944)에 대한 작품해설 중에서.

내 앞가림은 지난 90년 동안 잘해왔고 앞으로 90년은 더 끄떡없습니다.

어제 칼리에 씨의 편지를 받았어요. 사람들이 하는 말에 그렇게 느꼈다니 마음이 아프네요. 이곳은 자유의 나라이고 사람들은 저 할 말을 할 거예요. 그러라고 하세요. 우리가 도리에 맞게 행동하면 그들은 우릴 해칠 수 없어요. 원래 남보다 조금이라도 앞서가는 사람에게는 질투가 따르기 마련이잖아요. 언제나 그래왔고, 언제나 그럴 거예요. 그러니 신경 끄는 게 상책이에요. 우리는 이런 일에 초연해야지요. 나는 괜찮으니, 내 일로 걱정하지 말아줘요. 내 앞가림은 지난 90년 동안 잘해왔고 앞으로 90년은 더 끄떡없습니다.

모지스 할머니 그림의 상업성에 대해 일각에서 비판이 일자, 상처받을까 봐 걱정하는 편지를 보낸 오토 칼리에에게 보내는 편지 중에서.

중요한 건 바쁘게 지내는 거지요.

그림 그리기는 그리 중요하지 않습니다. 중요한 건 바쁘게 지내는 거지요.

한바탕 시원하게 웃고 나면
그 힘으로 또다시 살아갑니다.

웃음은 사람의 감정과 긴밀히 연관되어 있는데, 한바탕 시원하게 웃고 나면 그 힘으로 또다시 살아갑니다.

돈을 받는 게 낫지요.

전혀요. 돈을 받는 게 낫지요. 내가 예전부터 자잘하게 돈 버는 재주는 있었어요.

마음에 드는 그림이 팔리면 섭섭하지 않으냐는 질문에 답하며.

근데 가만히 둬서 뭐해요?

딸이 나더러 손을 가만히 두는 법이 없다고 하더라고요. 근데 가만히 둬서 뭐해요?

이튿날 96번째 생일파티에 입을 드레스에 레이스 옷깃을 꿰매다가 한 말.

3월 1일부터 내가 한 일이라곤
방 두 개를 청소하고
새로 도배한 것 뿐이에요!

80세에 더는 집안일을 많이 못 한다며 푸념하며 한 말.

백만장자가 되니 그것 말고는 할 일이 별로 없지 뭐예요.

요즘은 그림을 그리고, 자고, 먹기만 해요. 사람들이 나더러 백만장자라 부르던데, 백만장자가 되니 그것 말고는 할 일이 별로 없지 뭐예요.

〈타임스 유니언〉은 1961년 12월 15일 기준으로 모지스 할머니 그림의 총 가치가 100만 달러를 웃돌 것으로 추정된다고 보도했다.

방으로 들어가서 문을 잠그고 아무도 안 보고 싶은 마음이 굴뚝같아요.

지나친 관심을 받고 있어요. 이제 나만의 시간은 있을까 말까 하네요. 내 방으로 들어가서 문을 잠그고 아무도 안 보고 싶은 마음이 굴뚝같아요.

1942년 루이스 칼도어에게 쓴 편지 중에서. 루이스 칼도어는 모지스 할머니 그림의 작품성을 처음 알아본 수집가로, 아트 딜러 오토 칼리에를 포함한 뉴욕 미술계에 그를 소개한 결정적인 인물이다.

빨래며 다림질이며
정원 손질까지 혼자서 다 했어요.
고작 열두 살이었는데.

그때 얼마나 겁이 났는지 누구에게도 털어놓은 적이 없어요. 아, 일이 겁났던 게 아니라 집에 귀신이 나올 것만 같았거든요. 나무들이 오랫동안 흔들리며 벽에 무늬를 만들던 첫날 밤이 아직도 생생해요. 스스로 내가 용감하다고 생각했어요.

그거 아세요? 나는 빨래며 다림질이며 정원 손질까지 혼자서 다 했어요. 고작 열두 살이었는데 삼시 세끼를 차렸지요. 글쎄, 나는 내가 대단한 사람이라도 되는 줄 알았다니까요.

모지스 할머니는 열두 살에 집을 떠나 먼 친척인 화이트사이드 부부의 집에서 일했다.

나는 늘 내 힘으로 살고 싶었습니다.

나는 늘 내 힘으로 살고 싶었습니다. 가만히 앉아 토마스가 주는 돈을 타서 쓴다는 건 상상조차 할 수 없었지요. 지붕을 타고 올라가던 어린 시절이나 지금이나, 내가 대장 노릇을 하고 싶었어요.

1887년, 27세에 같은 농장에서 일하던 토마스 새먼 모지스와 결혼했다.

차라리 닭을 사세요.

차라리 닭을 사세요. 닭은 알이라도 낳아주잖아요. 아니면 내가 만든 팬케이크는 어때요?

모지스 할머니의 그림이 한 점에 1,500달러에 팔릴 당시에 한 말.

젤리는 상을 탔는데
그림은 아무것도 못 탔습니다.

글쎄요, 나는 예전부터 자수와 예쁜 것들을 좋아했어요. 어쩌다 한 번씩 그림을 그렸는데 아무도 관심을 가지질 않았지요. 70대 중반이 넘었을 때 딸아이가 털실로 그림을 짜달라고 부탁했어요. 어디서 마음에 드는 털실 그림을 봤는데 엄마가 더 잘 만들 것 같다면서요. 하나를 만들어봤더니 결과가 괜찮아서 몇 개를 더 만들어 사람들에게 나눠줬어요. 그런데 관절염 때문에 점점 손이 말을 안 듣고, 수를 놓으면 아프더라고요. 유화를 그려보라는 여동생 말에 그림을 그려봤어요. 케임브리지 박람회에 약간의 젤리와 함께 그림 몇 점을 내놓기도 했어요. 젤리는 상을 탔는데 그림은 아무것도 못 탔습니다. 세계 곳곳의 사람들이 내 그림에 관심을 주리라곤 꿈에도 몰랐지만, 정말 그렇게 되어버렸어요.

어떻게 화가가 되었냐는 질문에 답하며.

나는 "맛있는 건 없어도 되지만 꽃은 많았으면 좋겠어"라고 말했지요.

아서가 죽기 전까지 우리는 둘도 없는 친구였는데, 아서가 항상 저만치 먼저 내빼곤 했어요. 나는 엉덩이가 좀 무거운 편이었거든요. 우린 체격이 비슷한 데다, 나이 터울도 많지 않아서 자주 붙어 다녔어요. 얘기도 많이 했고 서로를 이해했어요. 어느 봄날엔 우리 둘이 잔디밭에 앉아서는, 눈앞에 펼쳐진 풍경이 참 아름답다는 얘기를 주고받았던 기억도 납니다. 아서가 "천국만큼 아름답다!"라고 말했어요. 그러고는 "천국 가면 맛있는 걸 많이 먹고 싶어"라고 덧붙였고, 나는 "맛있는 건 없어도 되지만 꽃은 많았으면 좋겠어"라고 말했지요.

모지스 할머니는 5남 5녀 중 셋째로 태어났다. 레스터, 호러스, 애나 메리, 아서, 셀레스티아, 마이애마, 오나, 조, 세라, 프레드 순이다.

남자 형제들한테 지고는 못 배겼어요.

나는 남자 형제들한테 지고는 못 배겼어요. 레스터가 처마 위로 올라가면 난 지붕 꼭대기로 올라가는 식이었지요. 오빠와 남동생을 이기는 건 내게 자존심이 걸린 문제였으니까요. 그런데 레스터는 수영을 할 수 있고 나는 못했지 뭐예요! 아버지가 내게 수영을 가르쳐주려 했는데, 아버지가 손을 떼자마자 그만 꼬르륵 가라앉아버리고 말았어요. 아마 내 몸이 어지간히도 무거웠나 봅니다.

어쩌면 이 소녀는 유명한 여자가 될 수도 있겠어요.

아직도 제일 좋아하는 사진이에요. 열여덟 살 때니 어련할까요. 어쩌면 이 소녀는 유명한 여자가 될 수도 있겠어요. 하지만 열심히 해야만 하겠지요.

18세에 찍힌 자신의 사진을 보며.

사진을 100번 찍혔으니 내가 잘 알아요.

숨을 참고 있으면 사진이 잘 나올 거예요. 사진을 100번 찍혔으니 내가 잘 알아요.

저로 말할 것 같으면 스케이트를
한 발로 타고 다녔답니다.

옛날에는 젊은이들 사이에서 스케이트 타기가 인기가 좋았어요. 저로 말할 것 같으면 스케이트를 한 발로 타고 다녔답니다.

〈첫 스케이팅The First Skating〉에 대한 작품해설 중에서.

싸우는 방송을 좋아하진 않는데 그린 호넷은 혼쭐이 났으면 좋겠네요.

역사 방송이나 행복한 결말이 나는 드라마는 좋아해요. 복싱이나 레슬링같이 싸우는 방송을 좋아하진 않는데 그린 호넷은 혼쭐이 났으면 좋겠네요.

그린 호넷은 1950년대에 활동한 레슬링 선수로 짐작된다.

점심을 든든히 먹고 나면 또다시 일할 준비가 되었습니다.

여기서 꽥꽥, 저기서 매에, 여기저기서 꼬꼬댁 소리가 나는 것이 과연 맥도널 농장이라고 부를 만한 곳이었습니다. 추수철에 농장 주인이 인부들과 낫을 모아 위스키 통을 건초 밭으로 굴려 내오면 그때부터 흥이 오릅니다. 그러면 정오가 되기도 전에 사내들이 하나같이 건초더미에 널브러져 있어요. 헬렐레 취해서요. 위스키를 마시면 말라리아에 걸리지 않고 힘과 기운이 솟는다고 믿었거든요. 그러다가도 점심을 든든히 먹고 나면 또다시 일할 준비가 되었습니다. 아마를 심고, 뽑아서 으깨고, 껍질을 벗기고 실을 자아서 천이나 촘촘한 리넨을 짰지요.

〈맥도널 농장The McDonnell Farm〉(1943)에 대한 작품해설 중에서.

나는 행복했고, 만족했으며, 이보다 더 좋은 삶을 알지 못합니다.

살다 보면 좋은 일도 있고 나쁜 일도 있지요. 다 우리가 겪어내야 하는 일들입니다. 나의 삶을 돌아보니 하루 일과를 돌아본 것 같은 기분입니다. 오늘 하루도 무사히 잘 마쳤고 내가 이룬 것에 만족합니다. 나는 행복했고, 만족했으며, 이보다 더 좋은 삶을 알지 못합니다. 삶이 내게 준 것들로 나는 최고의 삶을 만들었어요. 결국 삶이란 우리 스스로 만드는 것이니까요. 언제나 그래왔고, 또 언제까지나 그럴 겁니다.

설탕을 아주 많이 넣어 먹지요. 기운 나라고요.

아침과 점심으로 커피와 함께 오트밀을 먹어요. 설탕을 아주 많이 넣어 먹지요. 기운 나라고요. 저녁은 푸짐하게 먹습니다. 잘 먹고 잘 관리하는 것이 건강의 비결이에요. 10시에는 잘 준비를 해요. 머리가 베개에 닿자마자 죽은 듯이 자지요. 낡은 깃털 매트 위에서 전기담요를 덮고요.

난 나 자신에게 꽤 잘하는 편이에요.

90세 생일을 앞두고 한 말. 하루에 네다섯 시간씩 그림을 그리다가도 조금이라도 피곤하면 바로 멈춘다고 밝혔다.

그 시절 시골에서는 학교를 여름에 석 달, 겨울에 석달 다녔습니다.

그 시절 시골에서는 학교를 여름에 석 달, 겨울에 석 달 다녔습니다. 여자아이들은 겨울에 학교에 자주 못 나갔는데, 춥기도 했거니와 입고 나갈 따뜻한 옷도 없었어요. 나도 학교에 나가는 날이 많지 않았지만 대신 집안일을 거들거나 이웃집에 일손을 보태며 바쁘게 지냈습니다.

빨간 드레스를 너무나 갖고 싶었지만 한 벌도 없었어요.

어렸을 때 나는 모든 게 빨간색이어야만 했어요. 빨가면 빨갈수록 예쁘다고 생각했거든요. 빨간 드레스를 너무나 갖고 싶었지만 한 벌도 없었어요. 아흔 살 때 살면서 본 가장 빨간 퍼케일 원단을 누가 보내왔어요. 내가 어쨌게요? 증손녀들에게 드레스를 만들어줬지요.

네 살 때 추수감사절을 맞아 빨간 드레스를 사주겠다고 나간 아버지가 갈색 드레스를 사 오자 대단히 실망했던 일화가 자서전에 등장한다.

아버지는 말씀하셨죠.
크게 잃는 게 있으면
작게 얻는 것도 있는 법이라고요.

집 앞 초원을 가로지르는 개울은 강처럼 물이 불어 있었습니다. 연못은 둑까지 물이 차올랐고 물고기는 한 마리도 보이지 않았지요. 연못 건너편에는 아름다운 옥수수밭이 있었는데, 폭풍이 휩쓸고 지나가면서 옥수수밭에 도랑을 파놓았어요. 도랑이 어찌나 깊었는지 사람이 말을 타고 도랑을 달리면 그 모습이 보이지 않을 정도였지요. 도랑에서 붉은 흙이 씻겨 나왔습니다. 아버지는 베이킹파우더처럼 고운 그 흙을 체로 걸러 헹구어서는 페인트로 썼어요. 헛간 여러 채에 그 흙을 칠했는데 아직도 고스란히 벽에 남아 있습니다. 부식된 철광이 들어간 흙이었거든요. 비는 며칠 동안 계속 내렸고 덕분에 우물과 샘의 물이 차올랐어요. 그때 아버지는 말씀하셨죠. 크게 잃는 게 있으면 작게 얻는 것도 있는 법이라고요.

수영을 하러 바다로 나갔으니, 이제 헤엄을 치거나, 가라앉거나 둘 중 하나였지요!

토마스와 나는 작은 농장을 임대하기로 했고 그 주에 바로 이사해서 농장에 살던 사람들의 세간과 가축들, 닭과 고양이까지 넘겨받았어요. 결혼한 지 채 한 달도 안 되어서 낯선 땅에 우리만의 보금자리를 틀게 된 셈이었습니다. 이제 헤엄을 치거나, 가라앉거나 둘 중 하나였지요!

그림 그릴 생각은 전혀 못 했어요.
그럴 틈이 없었거든요.

나는 농부와 결혼했어요. 뉴욕주 그리니치에서 나고 자랐지만 신혼 초에 버지니아주로 이사 가게 되었지요. 그림 그릴 생각은 전혀 못 했어요. 그럴 틈이 없었거든요. 그때는 식구들 밥 챙기랴, 살림하랴, 버터 만들랴, 내 시간의 전부가 그렇게 쓰였어요. 더군다나 버터 만들기가 캔버스에 물감을 칠하는 것보다 훨씬 더 어려워요.

하지만 난 버터를 잘 만들었어요. 농장에 우유가 많이 남아돌아서 겸사겸사 버터를 만들기 시작했어요. 파운드당 10센트면 우리가 먹을 만큼의 버터를 살 수 있었지만, 맛이 지지리도 없었거든요. 어쨌든 우리가 쓸 양보다 버터를 많이 만들었기 때문에 그중 일부를 식료품과 맞바꿀 수 있지 않겠냐고 남편에게 말했고 실제로 맞바꿔 왔지요. 그거 아세요? 얼마 안 가 내가 만든 버터를 찾는 손님이 줄을 서는 바람에 결국 파운드당 50센트에 팔게 되었어요. 그러니 내가 만약 그 일을 계속했다면 잘나가는 낙농인이 되었을 수도 있겠지요.

인제 그만 일어나야겠어요.
안 그러면 젖소들이 궁금해할 거예요.
누가 우유를 짜주나 하고.

89세에 지인의 집을 방문해 이런저런 이야기를 나누다 한 말.

손녀딸이 나를 놀리더라고요.
빗자루가 아니라 붓자루를 타고
전국을 날아다니는 마귀할멈이라고.

유명해지니 기분이 어떤지, 내 그림으로 만든 크리스마스카드에 대해 어떻게 생각하는지 묻더군요. 나는 이렇게 대답했어요. "아, 유명세는 크게 신경 쓰지 않는 편이고요. 그보단 다음엔 어떤 그림을 그릴지만 생각합니다. 그리고 싶은 게 정말 많거든요. 크리스마스카드에 관해서는 딱히 할 말이 생각나지 않는데, 애리조나주에 사는 손녀딸이 나를 놀리더라고요. 빗자루가 아니라 붓자루를 타고 전국을 날아다니는 마귀할멈이라고."

아니,
모자를 못 가져가게 하더라고요.

대학에서 명예 학위를 받은 소감을 말하며. 이 소식을 들은 러셀 세이지 대학의 49학번 졸업생들은 모지스 할머니 자택으로 찾아가 학사모를 선물했다는 후문이다.

지금보다 어려웠던 시절에 다들 더 행복하지 않았나, 하는 생각이 가끔 들어요.

예전보다 좋은 나날들이에요. 모든 게 훨씬 쉬워졌어요. 덜 애쓰며 일해도 되고요. 그런데 사람들은 걱정이 늘었어요. 지금보다 어려웠던 시절에 다들 더 행복하지 않았나, 하는 생각이 가끔 들어요.

내가 이런 쪽으로는 깜깜해서요.

여기 내 인생의 역사를 써보았습니다. 그런데 이걸로 뭔가를 만들어낼 수 있긴 할까요? 내가 이런 쪽으로는 깜깜해서요.

오토 칼리에에게 자서전 원고를 보내며 동봉한 메모 중에서. 자서전의 원제는《내 인생의 역사Grandma Moses: My Lifes History》이다.

3부

사람과 인연에 관하여

기쁨이 있으면 슬픔도 있는 법이지요.

나는 6년 동안 남자 형제 둘과 여동생 하나를 잃었습니다. 장례식을 2년 간격으로 치렀어요.

기쁨이 있으면 슬픔도 있는 법이지요. 요즘 세상 같았으면 다 살릴 수 있겠지만 그때만 해도 의사들조차 뾰족한 수가 없었어요. 어머니는 자식들의 죽음에 담담한 편이었어요. 사람은 태어나는 순간부터 죽을 운명이라고 했지요. 아버지도 같은 생각이었습니다.

어린 시절이 가장 행복했던 이유는 미래를 두려워하지 않기 때문일 거예요.

아이들은 봄 같아요. 희망에 차 있고, 또 앞으로 기대되는 일이 많으니까요. 어린 시절이 가장 행복했던 이유는 미래를 두려워하지 않기 때문일 거예요.

그냥 이렇게 말해요.
전에는 나랑 같이 다니는 게
안 자랑스러웠냐고요.

글쎄요, 사람들이 나랑 같이 다니는 게 자랑스럽다던데 나는 그냥 이렇게 말해요. 전에는 나랑 같이 다니는 게 안 자랑스러웠냐고요. 사람들이 날 두고 난리굿을 쳐도 그러라고 내버려둡니다. 나는 예나 지금이나 똑같은 사람이거든요.

폭발적인 인기에 대해 어떻게 생각하느냐는 질문에 답하며.

나도 영화배우처럼
팬들이 생기고 있어요.
어깨에 힘 좀 주고 다닐까 봐요!

세상에, 내가 화가가 됐다고 이 난리라니요. 나도 영화배우처럼 팬들이 생기고 있어요. 어깨에 힘 좀 주고 다닐까 봐요!

닭이나 훔치고 다니는 남자들도 많았으니까요.

토마스는 내 요리 솜씨가 훌륭하다고 생각했고 나는 토마스가 반듯한 집안에서 자란 차분하고 검소한 남자라고 생각했어요. 그 시절엔 돈 많은 남자가 아니라 집안이 반듯하고 평판이 좋은 남자를 찾았거든요. 닭이나 훔치고 다니는 남자들도 많았으니까요. 돈 많은 남자를 좋아하는 여자들도 많지만, 그런 감정은 돈이 떨어지는 순간 식어버리게 마련이지요.

첫아이가 태어났을 때 결심했어요.
내 아이들에게 언제나
진실만을 말하겠다고.

첫아이가 태어났을 때 결심했어요. 내 아이들에게 언제나 진실만을 말하겠다고. 내가 진실을 말하면 애들도 그걸 알아요. 나는 그렇게 해야 한다고 믿고, 그렇게 하고 있어요.

나는 아이를 열 낳았는데, 그중 다섯만 무사히 자랐습니다.

나는 아이를 열 낳았는데, 그중 다섯만 무사히 자랐습니다. 한 명은 6주를 살았고, 나머지 넷은 죽은 채 태어났어요. 그런 걸 사산이라고 하죠. 하지만 그 아이들에게도 제대로 된 무덤을 만들어주고 싶었습니다. 아름다운 셰넌도어 밸리에 나는 조그만 무덤 다섯 개를 남겨두고 왔습니다.

성인으로 자란 아이들의 이름은 위노나, 로이드, 포러스트, 애나, 휴이다. 이중 막내딸 애나와 막내아들 휴는 지병으로 각각 38세, 49세에 일찍 세상을 떠났다.

스물네 명 정도 되는 것 같아요.
아, 스물다섯인가.

손주들이 스물네 명 정도 되는 것 같아요. 아, 스물다섯인가. 올해 넷이 태어났는데 손녀가 셋이고 손자가 하나예요.

내가 붓을 놓으면 누군가는 다시 잡아야 할 텐데 말이지요.

조카 하나가 그린 작은 그림 두 점을 보내드려요. 그림을 한 번도 배운 적 없는 아이고 이번에 처음 그린 그림들이에요. 평가를 부탁드릴게요. 어떻게 생각하시는지 주저 말고 말씀해주세요. 계속 그림을 그릴 만한가요? 내가 붓을 놓을 때 누군가는 다시 잡아야 할 텐데 말이지요. 보시면 색감이 이상할 텐데 지금은 그런 부분이 눈에 거의 안 띄어요. 살펴보시고 돌려보내주세요.

1947년 2월 3일, 오토 칼리에에게 보낸 편지 중에서. 모지스 할머니의 걱정과는 달리 아들 포러스트 모지스, 딸 위노나 피셔, 증손자 윌 모지스 등 후손들도 활발하게 그림을 그렸다.

우리 모두 언젠가는 물러나야겠지요.

총리직을 내려놓으셨다는 소식을 듣고 아쉬운 마음이 큽니다. 영국 총리로 계실 동안 늘 안심이 되었거든요. 하지만 우리 모두 언젠가는 물러나야겠지요. 그림을 그리시니 마냥 한가하게 지내시진 않겠어요. 우리처럼 나이 든 사람들에게 그림은 멋진 취미이기도 하고요. 오래오래, 건강히, 행복하게 사시길 바랍니다.

영국의 제61대, 제63대 총리였던 윈스턴 처칠에게 쓴 편지 중에서. 한 인터뷰에서 우스갯소리로 처칠이 "날 따라 하려는 것 같다"고 말하기도 했다.

왜, 모이 주려고 문에 다가서면 닭들이 달려오잖아요. 기자들이 딱 그런 모양새였어요.

생각보다 기자들이 괜찮더라고요. 왜, 모이 주려고 문에 다가서면 닭들이 달려오잖아요. 기자들이 딱 그런 모양새였어요. 착한 녀석들이었지요.

1949년 첫 기자회견을 마친 후 진행한 인터뷰에서 한 말.

날 보니 똥거름이 생각난대요.

엊그제 어떤 친절한 여자가 날 인터뷰하러 찾아왔어요. 그런데 신문에 날 뭐라고 묘사했는지 아세요? 날 보니 똥거름이 생각난대요. 허 참, 그런 단어는 신문에 쓰지 않으면 좋으련만. 참고로 이쪽 지방에서는 거름을 '비료'라 그래요.

사람이 흥분하게 되면,
몇 분만 지나도
안 할 말과 행동을 하게 되지요.

나는 다혈질처럼 흥분해서 난리를 피운 적은 거의 없었던 것 같습니다. 젊었을 때도 그런 적이 없어요. 화가 나면 그저 가만히 머릿속으로 '이쉬카비블'이라고 말해요. 무슨 뜻인지는 모르겠지만 당시엔 흔히들 쓰는 표현이었고, '악마에게나 잡혀가라'와 비슷한 의미라고 하더군요. 사람이 흥분하게 되면, 몇 분만 지나도 안 할 말과 행동을 하게 되지요. 하지만 벌컥 화를 내버리는 게 앙심을 품고 꽁해 있는 것보다 나을 때도 있습니다. 꽁해 있다 보면 자기 속만 썩어 들어가니까요.

그래도 젊은 사람들이 모여 놀기 좋은 핑계니까요.

난 여기 딱 앉아 있을 테니 다른 사람들이 준비하라지요. 이렇게 일을 크게 벌이지 않으면 좋으련만. 그래도 젊은 사람들이 모여 놀기 좋은 핑계니까요.

100번째 생일을 앞두고 한 말.

사람들이 찾아오는 게 좋아요.
언제나 소식을 가져다주거든요.

(그림은 아침에 그리고 오후에는 낮잠을 잔다고 말하며) 그래야 저녁에 젊은 사람들이 돌아오면 자정까지 안 자고 이야기를 들을 수 있으니까요. 사람들이 찾아오는 게 좋아요. 언제나 소식을 가져다주거든요. 안 그러면 만사가 심심할걸요.

날 알지도 못하는 사람들이 이렇게 멋진 선물을 주다니요.

날 알지도 못하는 사람들이 이렇게 멋진 선물을 보내주다니요. 이것 보세요, 앞치마예요! 그림 그릴 때 꼭 필요하지요.

생일을 맞이해 팬이 선물로 보내온 앞치마를 보고 한 말. 앞치마를 두르고 그림 그리는 모습은 모지스 할머니의 트레이드마크였다.

모지스 할머니는
평범하디 평범한 몸뚱이일 뿐인데
그 손을 잡아본 게 무슨 대수라고.

어딜 가나 화제가 된다는 건 썩 좋은 느낌은 아니에요. 사람들이 내 손을 잡고 악수하고 사인해달라고 부탁해요. 그게 말이에요. 모지스 할머니는 평범하디 평범한 몸뚱이일 뿐인데 그 손을 잡아본 게 무슨 대수라고.

이제 아시겠지요.

내가 여느 사람과 다를 바 없다는 걸.

악수를 청한 팬에게 한 말.

난 남자친구가 널렸답니다.

딘 포싯이요. 내 남자친구예요. 난 남자친구가 널렸답니다. 내 젊음을 유지하는 방법이랄까요.

어떤 화가를 좋아하냐는 질문에 답하며. 딘 포싯은 모지스 할머니의 초상화를 그려주기도 했다.

우리가 80년 전에 만났대요.

지난 일요일이 생일이었습니다. 친구 몇 명에 친척들, 자식들, 손주들, 가깝지 않은 지인들까지 다 왔습니다. 근데 어떤 여자가 다가와서는 정말 오랜만이라면서 자기가 누군지 알겠냐고 묻는 거예요. 모르겠다고 했지요. 그랬더니 우리가 80년 전에 만났대요. 같은 학교에 다닌 친구였어요. 그때는 허리가 손 한 뼘밖에 안 될 정도로 작고 호리호리한 애였는데 지난 일요일에는 글쎄, 양팔을 벌려도 다 못 안겠더라니까요.

92번째 생일날 풍경에 대한 질문에 답하며.

언젠가는 나한테 맞고 말 거예요.
두고 보세요.

우리가 어렸을 때 내가 얘를 쥐어박으려고 했는데 얘 어머님이 오시는 바람에 그러질 못했어요. 언젠가는 나한테 맞고 말 거예요. 두고 보세요.

50여 년 동안 모지스 일가의 주치의이자 모지스 할머니의 친한 친구였던 클레이턴 E. 쇼 의사를 두고 한 말.

아이고, 괜찮아요.
사인해주기가 내 전공인데요, 뭘.

모지스 할머니에게 사인받고 싶어 하는 사람이 망설이자 건넨 말.

대통령께서 그린 그림들 멋지다고 생각해요. 심지어 재능도 있으세요.

대통령께서 그린 그림들, 멋지다고 생각해요. 나랏일의 부담을 안고 있는 분이 그림에서 휴식과 즐거움을 찾을 수 있다니 얼마나 다행입니까. 심지어 재능도 있으세요.

미국의 제34대 대통령, 드와이트 D. 아이젠하워 대통령은 자신의 그림이 인쇄된 카드에 다음 문구를 적어 모지스 할머니에게 보냈다. "진정한 화가 모지스 할머니께, 형편없는 아마추어로부터."

내 아들내미들처럼 시골 촌뜨기지요.

트루먼 대통령이요? 내 아들내미들처럼 시골 촌뜨기지요. 아마 소를 좋아할걸요.

미국의 제33대 대통령, 해리 S. 트루먼 대통령에 대해 말하며.

피아노를 칠 수 있다는 사실을 못 믿겠다고 했지요.

트루먼 대통령이 어쩌다 피아노 연주까지 들려주었냐는 질문에 답하며.

우리는 한 묶음씩 나왔답니다, 마치 열무 단처럼요.

우리 집은 5남 5녀였어요. 레스터가 장남, 호러스가 차남, 그 밑으로 나, 아서 순이었지요. 아서 다음에 터울이 있는 걸 보면 어머니가 아이들 몇을 하늘나라로 떠나보내지 않았을까 하는 생각이 듭니다. 그 뒤로 셀레스티아, 마이애마, 오나, 조가 태어났고, 한동안 뜸하다가 세라와 프레드가 태어났어요. 우리는 한 묶음씩 나왔답니다, 마치 열무 단처럼요.

죽은 사람을 본 건
그때가 처음이었어요.
아마 여덟 살쯤 되었을 거예요.

내가 기억하는 첫 죽음은 소작농 집에 살던 젊은 남자의 죽음이었습니다. 위암인가 하는 병에 걸려서 그렇게 되었다는데, 어머니는 소작농 집으로 내려가 종일 그 사람 곁을 지켰어요. 장례식 날 어머니는 나도 가서 그에게 인사를 해야 한다고 했어요. 죽은 사람을 본 건 그때가 처음이었어요. 아마 여덟 살쯤 되었을 거예요. 어머니도 그를 보러 방으로 들어갔는데, 그의 누이라는 여자가 우리와 함께 들어갔습니다. 그런데 그의 누이가 죽은 사람 눈 위에 얹어놓은 동전들을 집어 드는 게 아니겠어요? 참 별일도 다 있다고 생각했어요. 실제로 그 이후, "죽은 사람 눈 위에 있는 동전까지 훔쳐갈 사람"이라는 속담을 여러 번 들었지요. 하지만 그의 누이는 동전을 도로 제자리에 놓았습니다.

나는 킹 쪽에서 예술성을,
로버트슨 쪽에서 창조력을,
섀너핸 쪽에서 검소함을,
디버로 쪽에서 관대함을
물려받았습니다.

킹은 친할머니, 로버트슨은 친할아버지, 섀너핸은 외할아버지, 디버로는 외할머니의 성이다.

숲에서 긴 산책을 즐기곤 했어요.
그렇게 일요일을 보냈습니다.
요즘 사람들은 영화관에 가겠지만요.

아버지는 감리교 신자였지만 교회에 한 번도 나가지 않았어요. 우리에게도 원하는 종교를 믿어도 좋다고 했지요. 우리는 멀리 떨어진 교회에 가는 대신 숲에서 긴 산책을 즐기곤 했어요. 그렇게 일요일을 보냈습니다. 요즘 사람들은 영화관에 가겠지만요.

우리는 깨진 거울 한 귀퉁이에 항상 꽃병을 두었습니다.

우리는 깨진 거울 한 귀퉁이에 항상 꽃병을 두었습니다. 꽃을 꺾어 집으로 가져오길 좋아했거든요. 결국엔 어머니가 꽃을 내다 버리게 되곤 하지만요. 연령초가 피면 반드시 꺾어왔어요. 얼마나 곱던지, 팬지꽃을 닮았는데 그것보다 좀 더 앙증맞았고, 푸른빛이 감도는 보라색으로 오랫동안 피어 있었지요.

10시 전까지 술에 취하지 않는 사람은 우리에 가두고 벌금을 낼 때까지 안 풀어줄 거라고 으름장을 놓기도 했어요.

축제 때는 지역 토박이들이 일상복을 입고 산에서 내려오는데, 여자들은 보닛과 체크무늬 앞치마 차림이었고 남자들은 누덕누덕 기운 멜빵바지 차림으로 소나 돼지를 끌고 왔습니다. 여자들은 닭 몇 마리나 양탄자, 콩을 가지고 왔고 황소를 끌고 오기도 했어요. 친구들과 만나 즐거운 하루를 보내기 위해 산에서 내려온 거지요. 10시 전까지 술에 취하지 않는 사람은 우리에 가두고 벌금을 낼 때까지 안 풀어줄 거라고 으름장을 놓기도 했어요. 돈을 벌려는 심산이었지요. 못된 뉴잉글랜드식 수법이긴 했지만, 늘 사람이 바글바글했고 흥겨운 시간이었습니다.

〈본즈빌 축제Bondsville Fair〉(1945)에 대한 작품해설 중에서.

왜 이 집에 자기 말고
다른 아기가 있어야 하는지
이해를 못 했던 거지요.

로이드가 생후 아홉 달 정도 되었을 때 장난감으로 시계를 준 적이 있었어요. 그런데 부엌에서 나오자마자 로이드의 울음소리가 들려서 가봤더니, 위노나가 거기 앉아서 남동생 머리카락을 뽑고 있는 게 아니겠어요? 내가 오는 소리도 못 듣고 말이에요. "오나, 지금 뭐 하는 짓이니?" 내가 물었더니 위노나가 이렇게 말하는 거예요. "얘 죽이고 싶어요!" 아마 동생에게 질투가 났던 모양입니다. 제 아빠가 워낙 동생을 예뻐해서 그랬나 봐요. 왜 이 집에 자기 말고 다른 아기가 있어야 하는지 이해를 못 했던 거지요.

오나는 위노나의 애칭이다.

내가 뭐라 하겠어요?
배고파서 맛있게 먹었다는데.

기다란 빵을 매주 굽곤 했어요. 찬장 선반에 항상 파이와 빵을 올려두었습니다. 그런데 맛있게 구워놓은 빵을 내오려고 찬장에 가보면 빵이 없었어요. 아들 녀석들이 한발 앞서 가져가버린 것이었지요. 그래서 나는 마구간에서 띠쇠를 가져다가 찬장에 자물쇠를 달았습니다. 일주일은 무사히 지나갔어요. 그러던 어느 날, 찬장에 두었던 초콜릿케이크가 또 사라져버린 거예요. 문이 잠겨 있었는데도 감쪽같이 사라졌지요. 결국 우리는 케이크 없이 식사를 했어요. 알고 보니 아들 녀석들이 석탄용 끌을 가지고 문에 박아놓은 철심을 뽑아냈던 거였어요. 철심을 도로 구멍에 넣어 놓아서 며칠이 지난 뒤에야 그게 느슨해져 있다는 걸 알았어요. 녀석들을 야단치려 하면 온갖 변명을 늘어놓으면서 "아무튼 진짜 맛있었어요. 그렇게 맛있는 케이크는 아마 다시는 못 먹을 거예요!"라고들 하니, 내가 뭐라 하겠어요? 배고파서 맛있게 먹었다는데.

우리 아이들은 내가 키웠다기보다는 저희들이 알아서 컸다고 해야 할 것 같습니다.

우리 아이들은 내가 키웠다기보다는 저희들이 알아서 컸다고 해야 할 것 같습니다. 학교에 가기 전까지 아이들은 항상 내 곁에서 집안일을 도왔습니다. 아이들이 닭장에 가서 달걀을 담아오곤 했어요. 남부에서 닭을 돌보는 일은 여자의 일이었거든요. 땔감도 아이들이 날랐어요. 우리 집엔 당시 흔했던 낡은 놀이용 의자가 있었는데, 애들이 그 의자에 땔감을 잔뜩 싣고 계단을 오르락내리락 했답니다. 의자 뒷다리가 달아날 때까지 그렇게 했어요.

가지각색의 스포츠를 하며 정말 신나게 놀았습니다.

추수감사절마다 킹 할머니가 살던 집에 다 함께 모여 성찬을 즐겼어요. 우리 중에는 젊은 사람들이 많았지만, 나이대가 제각각이다 보니 가지각색의 스포츠를 하며 정말 신나게 놀았습니다.

〈강 건너Over the River〉(1943)에 대한 작품해설 중에서.

이제 우리 식구가 너무 많아져서 다 함께 다니면 군대가 들판을 가로지르는 것처럼 보인다니까요.

1960년, 당시 할머니는 열한 명의 손주와 서른 명의 증손주를 두었다.

구석에 있는 요놈들은
통구이 신세가 될 거고요.

콜 포터 씨를 위해 그리고 있는 그림을 보여드렸나요? 누군지 아세요? 작곡가예요. 그것도 아주 훌륭한 작곡가지요. 중앙에 칠면조들 보이시지요? 저 녀석들은 이 집 사람들이 내년까지 살려둘 거예요. 구석에 있는 요놈들은 통구이 신세가 될 거고요.

〈추수감사절 칠면조 잡기Catching the Thanksgiving Turkey〉 그림을 가리키며. 콜 포터는 모지스 할머니의 눈 풍경 그림을 걸면 호텔도 집같이 느껴진다며 여행할 때 꼭 가지고 다녔다고 한다.

아버지가 내 주머니에 콩알탄을 가득 채워주었어요.

내가 기억하는 첫 독립기념일은 1865년이었습니다. 그 전날 아버지는 그리니치로 가서 우리에게 줄 폭죽과 콩알탄과 피리빵을 사 왔습니다. 다음 날 아침 우리에게 폭죽을 나눠주었는데 어머니에게 돌아간 피리빵은 밤이 되어야 터트릴 수 있었어요. 우리는 부엌을 치우고 바닥에 피리빵을 올려놓은 다음 성냥불을 갖다 댔어요. 피리빵이 꼬리에 꼬리를 물고 불꽃을 튀기며 부엌 바닥을 휩쓰는데 그 모습이 마치 여러 마리의 뱀 같았습니다.

나는 주머니가 두 개 달린 예쁜 핑크 앞치마가 있었습니다. 어머니가 만들어준 앞치마였지요. 당일 아침, 아버지가 내 주머니에 콩알탄을 가득 채워주었어요. 구슬만 한 콩알탄은 질긴 종이에 돌멩이와 화약 같은 것들이 감싸져 있었는데, 단단한 데 던지면 총성 같은 소리와 함께 뻥 터졌어요. 나는 그날 남자 형제 셋과 함께 무척 재미있게 놀았습니다.

독립기념일 풍경을 그린 〈7월 4일 July Fourth〉은 백악관에 걸려 있다.

축제에 갈 생각에 오로지 가을만 기다리던 시절이 있었어요.

축제에 갈 생각에 오로지 가을만 기다리던 시절이 있었어요. 그 시절엔 즐길 거리라곤 가을 축제와 여름 소풍뿐이었고, 그 외의 나머지 시간에는 1년 내내 일해서 돈을 모으고 옷을 아껴 입었어요.

나이가 들면 그런 일들이 웃으며
회상할 수 있는 추억이 되니까요.
정말 그렇더라고요.

나는 아이들이 아직 어리기 때문에 신나게 놀 수 있을 때 놀게 내버려둬야 한다고 생각했습니다. 나이가 들면 그런 일들이 웃으며 회상할 수 있는 추억이 되니까요. 정말 그렇더라고요.

난 당신을 만나기 전에도 혼자 잘 살았거든요.

한번은 토마스가 이런 말을 했어요. "난 내가 죽는 건 두렵지 않아요." 그래서 내가 말했지요. "당신은 안 죽어요. 당신이 얼마나 건강한데!" "내가 죽는 건 정말 두렵지 않지만, 당신 혼자 여기 두고 나 먼저 가느니 차라리 당신이 설원 아래 묻혀 있다고 생각하는 편이 낫겠어요." 그 말을 받아 내가 이렇게 말했어요. "토마스, 난 당신을 만나기 전에도 혼자 잘 살았거든요." 그랬더니 토마스가 이렇게 말했어요. "나도 그건 알아요. 하지만 당신이 지금 혼자가 된다면 그때와는 다를 거예요. 만약에 이승으로 돌아올 수만 있다면, 나는 다시 이곳으로 돌아와 당신을 보살필 거예요." 마치 머지않아 세상을 떠나리란 걸 아는 사람처럼 그런 말을 했습니다.

예전에는 삶이 어땠는지,
어떻게 그려야 우리가 살던 방식을
사람들에게 알려줄 수 있을지,
그것만 생각할 거예요.

시끌벅적한 생일이 끝나는 대로 가만히 앉아서 생각하고 기억하고 상상할 거예요. 그러면 영감이 떠오를 것이고 그림을 그리기 시작하겠지요. 그때는 모든 걸, 모든 걸 잊어버릴 거예요. 예전에는 삶이 어땠는지, 어떻게 그려야 우리가 살던 방식을 사람들에게 알려줄 수 있을지, 그것만 생각할 거예요.

4부

그리는 일에 관하여

실패하면 또 해보면 되지요.

그림은 그리고 싶은 마음만 있으면 누구나 할 수 있어요. 실패하면 또 해보면 되지요. 연습이 완벽을 만듭니다. 그렇고말고요.

이때 모지스 할머니는 날카로운 취재 스타일로 유명했던 CBS 간판 앵커 에드워드 R. 머로에게 종이 한 장을 들이밀며 즉석에서 나무를 그려보라고 주문했다.

피카소에 대해 어떻게 생각하느냐고요? 그게 누군데요?

그쪽 사람들은 영 별로더라고요. 꼭 벽지나 카펫을 디자인하는 것 같아요. 자꾸만 뱀을 그려대는데 뱀이 점점 커지고 못생겨지잖아요. 피카소에 대해 어떻게 생각하느냐고요? 그게 누군데요?

당시 유행하던 추상주의에 대해 말하며.

언젠가는 남자들이
엄마가 만든 파이가 아니라
엄마가 그린 그림을 그리워하는 날이
올 수도 있을 거예요.

그림을 아주 오랫동안 그려왔어요. 이제 다른 일을 해볼까 봐요. 집을 지어볼 수도 있을 것 같고, 하기야 주부 경력이 몇 년인데요. 살림을 더 쉽게 해서 여자들의 여가 시간을 늘려줄 방법을 여러 가지 생각해뒀어요. 그렇게 되면 개중에는 그림을 그리기 시작하는 여자들도 있겠지요. 어려울 것도 없으니까요. 그래서 언젠가는 남자들이 엄마가 만든 파이가 아니라 엄마가 그린 그림을 그리워하는 날이 올 수도 있을 거예요.

이 색은 너무 좋아서 먹어버릴 수도 있을 것 같아요.

전혀 없어요. 하지만 피해갈 순 없지요. 어떤 색들은 날 사로잡아요. 내 앞치마 테두리의 청록색을 한번 보세요. 이 색은 너무 좋아서 먹어버릴 수도 있을 것 같아요.

할머니만의 색 이론이 있느냐는 질문에 답하며.

그림 그리기가 뜨거운 스토브에
케이크를 굽는 것보다 쉽거든요.

80세에 한 인터뷰에서 그림 그리기에 대해 말하며.

일단 해보면 되겠지요.

누구든 일단 해보기만 하면 그림을 그릴 수 있어요. 이 바닥을 빗자루로 쓸 수 있으세요? 있고말고요. 일단 해보면 되겠지요. 그림 그리기도 똑같아요.

선급은 사양할게요.
그러면 내게 의무가 되어버려요.

선급은 사양할게요. 그러면 내게 의무가 되어버려요. 지금은 그런 부담을 원치 않습니다. 집이 늘 정돈되어 있길 바라는 나이가 되어서요.

1943년 9월 15일 오토 칼리에에게 쓴 편지 중에서.

가격을 내리든지, 아예 팔지 말든지 해야 해요.

내가 할 수 있는 거라곤 오랫동안 진열돼 손때 탄 그림들을 그런 터무니없는 가격에 팔지 말아달라고 당부하는 것뿐이에요. 가격을 내리든지, 아예 팔지 말든지 해야 해요.

자, 보세요. 어떤 사람은 맛있는 빵을 한가득 구워 대중에게 나눠주면서 신선할 때 마음껏 먹으라고 해요. 그런데 또 어떤 사람은 그 빵을 항아리에 쟁여둬요. 오래되고 딱딱해진 빵은 맛이 떨어져 아무도 먹지 않으려고 하지요. 그림도 똑같습니다. 내가 만약 그런 식으로 그림이 팔리는 데 의존한다면 굶어 죽고 말 거예요. 나는 열한 살 때부터 내 힘으로 밥벌이를 해왔고, 지금도 충분히 그럴 수 있어요. 남의 도움을 받지 않아도요.

오토 칼리에가 매긴 그림 판매가에 관련해 칼도어에게 쓴 편지 중에서. 칼리에는 모지스 할머니의 경제관념에 대해 〈뉴욕 타임스〉 1959년 9월 6일 자 기사에서 다음과 같이 언급했다. “예전부터 돈을 이해하지 못했다. 5불, 10불은 이해해도 딱 거기까지다. 3,000불은 이해하지 못한다.”

그림 그릴 때는 그림에만 집중해요.
그러면 시간 가는 줄 모른다니까요.

그림 그릴 때는 그림에만 집중해요. 그러면 시간 가는 줄 모른다니까요. 그림 그리기는 노후에 즐기기 아주 좋은 취미예요. 쉬거나 자는 것처럼 마음이 편해지거든요.

그림 그릴 때만큼은 진지하냐는 질문에 답하며.

내 그림들은 유행에 가까운 것 같아요.
썩 아름다워 보이진 않아요.

1946년에 자신이 그린 그림에 대해 이야기하며.

선 하나를 긋기도 전에
마음속에는 그림이 완성되어 있어요.

나는 눈을 감고 그림이 보일 때까지 생각합니다. 그러고는 그림을 그리기 시작하지요. 캔버스에 물감으로 선 하나를 긋기도 전에 마음속에는 그림이 완성되어 있어요. 이렇게 그리면 자연을 직접 보면서 그리는 것보다 훨씬 더 잘 되더라고요. 상상력을 더 자유롭게 펼칠 수 있고 소재도 주위에 있는 사물에 한정되지 않으니까요.

아득한 미지의 세계로
나를 잡아끄는 그림을 좋아해요.
저 멀리까지 내다볼 수 있는
그런 거요.

실내를 그려봤는데 마음에 들지 않아서 지웠어요. 이런 건 나한테 맞지 않나 봅니다. 나는 아득한 미지의 세계로 나를 잡아끄는 그림을 좋아해요. 저 멀리까지 내다볼 수 있는 그런 거요. 뭐, 한번 더 시도해볼 수는 있겠지요.

1948년 3월 9일, 오토 칼리에의 비서이자 자서전을 일부 받아쓴 힐데가드 바셔트에게 보낸 편지 중에서. 실내 그림을 어려워했음에도 불구하고 스무 점 넘게 남겼다.

내가 가진 그림을 몽땅 사고 싶다고 했대요.

루이스 칼도어 씨가 찾아왔을 때 나는 밖에서 사람들을 만나고 있었어요. 그래서 그는 도로시와 대신 이야기를 나눴지요. 내가 가진 그림을 몽땅 사고 싶다고 했대요. 도로시가 '열다섯' 점이 있다고 알려줬나 봐요. 칼도어 씨는 이튿날 아침에 돌아오기로 했고요. 내가 집에 돌아와서 그림이 얼마나 있나 살펴봤더니 열네 점밖에 없는 거예요. 그런데 마침 커다란 풍경화가 있지 뭐예요? 그걸 반으로 잘라 열다섯 번째 그림을 만들어냈어요. 그러니 상상이 가시지요? 칼도어 씨가 얼마나 골이 났을지!

나는 그림을 위에서 아래로 그립니다.

나는 그림을 위에서 아래로 그립니다. 하늘부터 그린 다음 산, 언덕, 나무, 집, 가축, 사람 순으로요. 그림 아래쪽으로 내려갈수록 사물이 커지니까요.

그때껏 내가 보고 베끼던 그림들보다 훨씬 나은, 작고 완벽한 그림이었지요.

하루는 마당에 새 차 한 대가 세워져 있었는데 차바퀴 뚜껑이 큼지막하고 반짝반짝했어요. 무심결에 내려다봤더니 뚜껑 속에 완벽한 그림이 보이는 거예요. 물론 뚜껑이 둥그런 탓에 왜곡되어 보였지만 사람이며 푸른 나무며 집까지 모든 게 비쳐 있었어요. 그때껏 내가 보고 베끼던 그림들보다 훨씬 나은, 작고 완벽한 그림이었지요.

집으로 들어와 베란다 창문을 봤더니 똑같은 그림이 비치는 거예요. 구도도, 색감도 완벽했어요. 요리조리 움직이니 창틀에 내가 원하는 각도로 풍경을 담아낼 수 있었어요. '바로 이거다' 싶었지요.

일명 '모지스 할머니 스타일'이라 불리는 전경과 배경을 모두 아우르는 파노라마식 화풍의 탄생 비화.

더는 큰 그림을 그리고 싶지 않아요.
그릴 때 너무 불편하거든요.

그림을 완성하고 나서 일주일이나 열흘 동안 꼭 다시 들여다봐요. 그러면 보완할 부분이 꼭 보여요. 그림 네 점을 막 완성했는데 크기가 100센티에 90센티예요. 너무 커서 안 예뻐요. 더는 큰 그림을 그리고 싶지 않아요. 그릴 때 너무 불편하거든요.

1944년 2월 21일, 오토 칼리에에게 보낸 편지 중에서.

그림은 잠시 파업할래요.

그림은 잠시 파업할래요. 바느질을 좀 하고 싶어요. 캐미솔이 하나밖에 남지 않았거든요.

그림값 지급 관련해서는 요청한 액수보다 더 많이 안 주셔도 됩니다.

전시회에서 일부 그림이 루이스 칼도어에게 판 금액보다 훨씬 높은 가격에 팔려 칼도어로부터 추가 금액을 수표로 받자, 이미 모든 정산은 끝났으니 그 돈을 원치 않는다며 수표를 반송했다.

이제는 열매즙을 짜서
색깔을 만들어 쓰지 않아도 돼요.

이제는 열매즙을 짜서 색깔을 만들어 쓰지 않아도 돼요. 더 좋은 붓을 살 수 있고요. 예전에는 핀으로 눈을 그려 넣어야 했거든요.

성공으로 얻은 게 있냐는 질문에 답하며.

당신을 위해 새로운 시도를 해봤는데 마음에 드셨으면 좋겠습니다.

게티즈버그 자택을 그리게 된 건 큰 영광입니다. 나는 주로 기억과 상상으로 그림을 그리지만 당신을 위해 새로운 시도를 해봤는데 마음에 드셨으면 좋겠습니다. 미국 대통령으로 3주년을 맞이하시는데 앞으로도 계속 건강하시길 바랍니다.

아이젠하워 대통령에게 쓴 편지 중에서. 게티즈버그 자택을 직접 본 적이 없는 모지스 할머니는 스무여 장의 흑백 및 컬러 사진을 참고하여 그림을 완성했다. 그림 곳곳에 상상력을 가미했는데, 실제보다 훨씬 큰 퍼팅그린을 보고 아이젠하워가 "정말 저렇게 컸으면 좋겠다"고 즐거워했다는 후문이다.

2000년 후에 일어날 일을 그리는 게 나을지도요.

누가 성경 그림을 그려달라는데, 절대로 안 할 거예요. 나는 전혀 알지 못하는 건 그리지 않습니다. 차라리 지금부터 2000년 후에 일어날 일을 그리는 게 나을지도요.

1944년 3월 4일 오토 칼리에에게 보낸 편지 중에서.

제 그림은 대량 생산이에요.
아직 헨리 포드의 기록에는
못 미쳤지만요.

제 그림은 대량 생산이에요. 아직 헨리 포드의 기록에는 못 미쳤지만요. 하지만 지금도 수요만큼 공급하기가 버거운걸요. 일단 캔버스를 구하자마자 기름을 바르고 흰 페인트를 세 겹 칠해줘요. 페인트가 마르면 그림을 그리기 시작할 수 있지요. 맨 먼저 미세한 선으로 밑그림을 그리고, 담비 털로 만든 붓으로 색을 칠해요. 나는 붓이 작을수록 좋더라고요.

헨리 포드는 자동차 왕으로 불리며, 미국 자동차 회사 포드의 창설자다.

그런데 그거 아세요?
설경은 추운 날에 그려서
바깥에 내놓고 얼려야 해요.

나는 설경을 많이 그렸어요. 눈 그림을 좋아해주는 분들이 많거든요. 그런데 그거 아세요? 설경은 추운 날에 그려서 바깥에 내놓고 얼려야 해요. 그래야 그림 위에 서리가 내려앉잖아요.

그런데 말입니다. 눈 그림에 파란색을 밑칠하거나 덧칠하는 화가들이 꽤 있어요. 하지만 나는 설경을 암만 봐도 파란색이 눈곱만큼도 안 보여요. 내 눈에는 회색이에요. 나무 아래 진 그늘은 흰 눈 위의 회색빛 그늘로 보이고요. 나는 나무도 관찰하는데 나무껍질이 어떻게 생겼는지 보려고 그래요. 그림을 그리기 전에 가서 보고 오지요. 요즘에는 많이 그려 넣지 않지만 한때는 눈꽃도 아주 즐겨 그렸습니다.

이제 무엇이든 상상한 대로 그리면 돼요.

초창기에는 유리에도, 석판에도, 탈곡할 때 쓰고 남은 캔버스에도 그렸어요. 그러다가 캔버스를 사서 그리려 했더니 질 좋은 리넨 캔버스는 야드당 8불이나 하더라고요. 그림 그릴 때마다 사기에는 너무 비싼 가격이었지요. 그러다 보드에 그림을 그리기 시작했어요. 왜 보드에 그리게 됐는지는 기억이 안 나네요. 어쨌든 이 보드에 무광 흰색이나 다른 깔끔한 흰색 페인트를 칠해서 이삼일 말리고 그 위에 또 덧칠을 해줘요. 그런 다음 회색이든 파란색이든 핑크색이든 원하는 색을 입히지요. 이제 무엇이든 상상한 대로 그리면 돼요.

근데 말이지요,
저 집은 핑크색 집이잖아요?

내가 아주 작았을 때 아빠한테 왜 우리 집을 핑크색으로 칠해줄 수 없냐고 물었더니, 아빠가 원래 핑크색 집은 없는 거라고 했어요. 근데 말이지요, 저 집은 핑크색 집이잖아요?

핑크색 집이 있는 모지스 할머니의 그림에 대한 기자의 질문에 답하며.

내가 그리면
더 잘 그릴 수 있을 것 같았거든요.

아버지가 그림을 그릴 때면 우리도 슬쩍 물감을 가져와 뭐라도 그려보려 했는데, 주로 자그마한 풍경 그림들이었어요. 시계 선반 밑에는 네모난 공간이 있었는데 아버지가 마리아 이모에게 그 공간에 그림을 그려도 좋다고 했어요. 그때 이모 나이가 마흔이나 쉰 정도였는데, 나는 이모가 그린 그림이 마음에 들지 않았어요. 내가 그리면 더 잘 그릴 수 있을 것 같았거든요.

그림을 그릴 땐 창밖을 보세요.

그림을 그릴 땐 창밖을 보세요. 흔들거리는 유리창을 통해 풍경을 보면 상상력을 동원하지 않을 수가 없습니다.

나는 예전부터 색깔을 무척이나 좋아했어요.

일곱 살 꼬맹이였을 적에 종이 인형을 무척 좋아했어요. 색이 예쁜 옷을 입히고 싶었지만 그때는 지금 같지가 않았습니다. 색을 고르고 어쩌고 할 형편이 아니었어요. 대신 엘더베리즙을 짜서 드레스를 물들이곤 했습니다. 나는 예전부터 색깔을 무척이나 좋아했어요.

그렇게 하면 물감도 아끼고 시간도 아끼지요. 역시 스코틀랜드 피는 못 속인다니까요.

우선 메이소나이트 보드 네 판을 적당한 크기로 자릅니다. 그러고는 하늘부터 시작해 아래로 그려나가요. 첫 번째 판에 하늘을 그리고, 두 번째 판에 하늘을 그리고, 이런 식으로 계속 그리는 거지요. 네 번째 판에 하늘을 다 그렸을 즈음 첫 번째 판의 하늘이 말라요. 그럼 산이든 뭐든 위에서 아래로 그리면 돼요. 월요일에 그리기 시작하면 토요일까지 그림 네 점을 완성할 수 있어요. 그렇게 하면 물감도 아끼고 시간도 아끼지요. 역시 스코틀랜드 피는 못 속인다니까요.

그게 바로
내가 처음 그린 그림이었습니다.

한번은 거실을 도배하고 있는데 벽난로 덮개에 바를 벽지가 모자랐어요. 그래서 덮개에 종이를 한 장 붙이고는 우선 단색으로 페인트칠했습니다. 그런 다음 양쪽에 커다란 나무를 한 그루씩 그려 넣었어요. 호수가 있는 풍경을 배경으로 그렸는데, 햇빛에 물든 것처럼 보이도록 아주 환한 노란색으로 호수를 칠했습니다. 앞쪽의 빈 공간은 무성한 덤불로 채웠어요. 페인트 붓으로 그렸지요. 휴의 아내 도로시의 할아버지가 내 그림을 보더니, "아름답군요! 지금껏 내가 본 그림 중 제일 좋네요. 행여 망가지지 않게 간수 잘 하시길!"이라고 하시며 혀를 내둘렀답니다. 삼사 년 정도 쓰다가 거실 도배를 새로 할 때 내 그림 위에도 벽지를 발랐습니다. 몇 해 전 거실 도배를 다시 하는데, 도로시가 내 그림을 기억하고 벽난로 덮개에 바른 벽지를 떼어냈습니다. 그림의 색이 조금 바랬더군요. 그게 바로 내가 처음 그린 그림이었습니다.

더 나은 그림이 없어서 안타깝습니다. 그 그림들은 형편없어서요.

내 그림들에 신경 써주셔서 고맙습니다. 친절도 하시지요. 더 나은 그림이 없어서 안타깝습니다. 그 그림들은 형편없어서요. 내 생각에 잘 그린 그림들도 더러 있지만요. 하지만 훌륭히 해주셨고 앞으로도 성공을 기원합니다.

1939년 10월 18일 뉴욕 현대 미술관에 열린 전시회에 본인 그림을 포함해준 전시 감독 시드니 재니스에게 보낸 감사 편지 중에서.

애들 이웃들이 물어보나 봐요. 내가 소박파라, 정말 글을 읽지도 쓰지도 못하는지.

아들들이 너무 화가 난 나머지 그 신문 기사를 누가 썼는지 알아내면 고소하겠다고 야단이에요. 애들 이웃들이 물어보나 봐요. 내가 소박파라, 정말 글을 읽지도 쓰지도 못하는지.

1941년 루이스 칼도어에게 쓴 편지 중에서. '소박파primitive'는 전문적인 미술 교육을 받지 않은 화가라는 뜻으로, 일부 화단과 평단, 언론에서는 모지스 할머니를 멸시적이거나 희화적인 뉘앙스로 묘사했다.

내가 이미 아는 그림들인데 보러 가서 뭐하겠어요?

자신의 전시회에 초청받고 한 말.

모든 일이 그렇듯
하면 할수록 잘하게 되지요.

누구나 마음만 먹으면 그림을 그릴 수 있어요. 모든 일이 그렇듯 하면 할수록 잘하게 되지요. 그림을 하나 끝낼 때마다 이게 마지막 그림이라고 생각하는데 곧이어 또 그리게 되더라고요. 나는 행복한 것을 보고, 그리기를 선호합니다.

어떻게 그토록 많은 그림을 그려낼 수 있는지 언제나 수수께끼였어요.

내가 줄곧 좋아해온 화가는 커리어와 아이브스예요. 그분들의 작품은 정말 멋지다고 생각했는데 어떻게 그토록 많은 그림을 그려낼 수 있는지 언제나 수수께끼였어요.

커리어와 아이브스는 과거 미국의 석판화 회사 공동 창업자로, 여러 유명 화가들의 작품을 석판 형태로 제작해 100만 장 이상 찍어냈다. 모지스 할머니는 특히 초창기에 커리어와 아이브스 석판화를 다수 참고해서 인물을 그렸다.

스스로 구상해 그려보는 게 제일 좋아요.

선생님에게 배우면 얼마 안 가 선생님이 그리는 대로만 그리게 되니, 스스로 구상해 그려보는 게 제일 좋아요.

약간의 상상력과
큰 포부만 있으면 됩니다.

두 눈만 있으면 누구나 그림을 그릴 수 있어요. 발가락으로 그린다 해도요. 약간의 상상력과 큰 포부만 있으면 됩니다.

누구나 그림을 그릴 수 있다고 생각하느냐는 질문에 대해 답하며.

마치 사람과 같아요.
꾸미고 관리하고 틀을 잘 잡아주면
훨씬 좋아 보인답니다.

나는 최고의 물감과 붓을 써요. 처음에는 전혀 안 그랬지만요! 이제 더는 열매를 짜지 않아도 되지요. 내 그림은 날씨가 더우면 일주일 안에 마르지만 습하면 2주가 걸리기도 해요. 그림이 마르고 내 마음에 들면 그때부터 손을 떼버립니다. 마르고 난 그림은 절대 만지지 말고 니스나 셸락을 바르지도 마세요. 더러워지면 해마다 한 번씩 비누 거품을 내서 물과 함께 씻어주세요. 주름이 생기지 않도록 양귀비유를 발라주고요. 액자에 넣는 게 무척 중요해요. 마치 사람과 같아요. 꾸미고 관리하고 틀을 잘 잡아주면 훨씬 좋아 보인답니다.

그림은 평평한 데 눕혀놓고 그리는 게 훨씬 편하더라고요.

그림은 평평한 데 눕혀놓고 그리는 게 훨씬 편하더라고요. 탁자에 팔꿈치를 대고 쉴 수도 있고, 필요하면 그림을 세워놓을 수도 있잖아요.

작업실을 따로 마련하지 않고 오랫동안 자신의 침실에서 그림을 그렸고, 집을 옮긴 후에는 부엌 옆에 딸린 작은 방에서 그렸다. 이젤은 절대 사용하지 않았다.

하지만 결국 요령을 깨우쳤습니다.

마치 대리석에 그리는 느낌이었지요. 처음에는 식겁했다니까요. 밝은 빨강이나 파랑을 쓸 수 없고 색도 많이 섞지 못하고요. 유화에 익숙해졌는데 타일용 물감은 어린이가 쓰는 수채화 물감이랑 비슷했거든요. 한 번 칠하고 나면 영원히 칠해진 거라 실수해도 닦아낼 수도 없지요. 하지만 결국 요령을 깨우쳤습니다.

1951년 타일에 그림을 그렸던 작업을 설명하며. 지인이 흰 타일 두 개를 가져와 그림을 그려달라는 부탁을 계기로 새로운 기법이 요구되는 타일 시리즈에 도전했다. 약 1년에 걸쳐 총 85개의 타일을 그렸다.

나는 돼지를 사기 전에 돼지우리를 만들자는 주의거든요.

나는 그림을 그리기 전에 액자를 사고 그 틀에 맞게 목판을 자릅니다. 나는 돼지를 사기 전에 돼지우리를 만들자는 주의거든요. 그런 다음 목판에 아마씨 기름을 바르고 흰색 무광 페인트를 세 겹 칠해서 칙칙한 나무색을 가려줍니다. 두 겹을 칠하면 거뭇거뭇 목판이 보이고 세 겹을 칠하면 두께감이 생기기 때문에 색칠할 때 물감을 많이 안 써도 되거든요. 튜브 물감은 제법 값이 비싸서 아껴 써야 해요.

저기 있는 봄 그림 두 점을 마저 그려야 하고요.

저기 있는 봄 그림 두 점을 마저 그려야 하고요, 소파 위에 있는 오크 물동이 그림도 끝내야 해요.

저 그림은 손댈 게 별로 없어요. 남자들과 소, 낙농실 아래 우유통만 그려 넣기만 하면 돼요. 그리고 다음 주에는 겨울 그림 두 점을 시작할 거예요.

100세에 인터뷰에서 한 말.

나는 언제나 보기 좋고
즐거운 풍경을 그립니다.
알록달록하고 북적북적한 게 좋아요.

나는 언제나 보기 좋고 즐거운 풍경을 그립니다. 알록달록하고 북적북적한 게 좋아요. 목판이나 하드보드에 그림을 그리는 이유는 캔버스보다 훨씬 오래가기 때문입니다. 액자를 구하기가 힘들 때도 더러 있어요. 액자가 예쁜데 상태가 좋지 않으면 내가 직접 망치와 못을 들고 수리를 합니다. 액자는 그림과 조화를 이루어야만 최고의 효과를 낼 수 있어요.

나는 여전히 일을 꾸미고 있어요.

나는 여전히 일을 꾸미고 있어요. 그림을 구상하고 있다는 말이지요. 이제 농장 일을 하지도 않고 사람들도 내 그림을 잘 사주는 것 같으니 대부분의 시간은 그림을 그리며 보내요. 앞으로도 계속 그럴 생각이고요.

5부

세계와 자연에 관하여

어휴. 세상아, 꼬리를 흔들어대라.
나는 명랑하고 행복하게 살련다.

대선과 국제 갈등에 관한 기사를 읽다가 마침내 입을 열어 한 말.

우주니, 뭐니 하는 데에 돈을 쏟아부을 동안 수많은 사람이 추위에 떨고 굶고 있어요.

미련하기 짝이 없는 짓이에요. 하느님이 우리를 땅에 올려놓으신 이상 우리를 찾으러 오실 때까지 여기에 얌전히 붙어 있어야지요. 우주니, 뭐니 하는 데에 돈을 쏟아부을 동안 그 돈이 없어 수많은 사람이 추위에 떨고 굶고 있어요. 어리석은 사업이에요. 내가 고리타분한 걸 수도 있지만 내 생각은 그래요.

1960년, 인간이 우주를 비행하는 것에 대해 어떻게 생각하느냐는 질문에 답하며. 미국과 소련 간 우주 경쟁이 과열되던 시기로 이듬해 4월 소련이, 5월 미국이 유인 우주선 발사에 성공했다.

평범한 사람이 우리네 자유의 땅에서 무엇을 해낼 수 있는지 세상 사람들에게 보여줄 수 있다면 그것으로 만족해요.

내 작품을 통해 평범한 사람이 우리네 자유의 땅에서 무엇을 해낼 수 있는지 세상 사람들에게 보여줄 수 있다면 그것으로 만족해요. 미국인들은 나처럼 정규 미술 교육을 제대로 받은 적 없고 나이도 지긋한 여자가 그림 하나에 1,500달러를 받을 수 있는 나라에 산다는 사실을 자랑스럽게 여겨야 해요.

옛날에는요,
그러니까 85년 전이지요.

나는 기억력이 아주 좋아요. 오히려 어제보다 여러 해 전에 있었던 일이 더 생생해요. 선거를 예로 들어볼까요? 옛날에는요, 그러니까 85년 전이지요. 투표를 하려면 이 근방 사람들은 무조건 이글 브리지로 와야 했어요. 여기에서만 우편을 받을 수 있었고 전신국도 여기 하나였거든요. 남자들은 이글 브리지로 와서 투표했고 결과가 나올 때까지 기다렸어요. 그럴 수밖에 없었어요. 그래야 판돈을 정산하니까요.

여자도 남자와 똑같이 일하는데 목소리를 못 내서야 되겠습니까?

애나가 집을 떠나기 전에 나는 처음으로 투표를 했습니다. 나는 여자도 투표를 할 수 있어야 한다고 생각합니다. 여자도 남자와 똑같이 일하는데 목소리를 못 내서야 되겠습니까? 남자보다 일을 잘하는 여자도 얼마든지 있고요. 여자가 가정을 돌보아야 한다고 해도 가정을 돌보는 것에 관한 자기주장을 펼 수 있어야 하지요. 투표권을 갖게 된 이후 여성들은 더 많은 자유를 누리게 되었습니다. 고된 허드렛일도 예전보다 줄었지요. 교육을 받고 투표를 함으로써 자녀들의 학교 문제에도 더 많은 의견을 낼 수 있게 되었습니다. 여자가 사회생활을 하고 싶다면 얼마든지 할 수 있겠지만 그렇게 되면 집안일에서는 손을 떼야겠지요. 둘 다 잘할 수는 없을 테니까요.

누구인지는 말해줄 수 없어요.
나도 아직 결정을 못 했거든요.

1960년 미국 대선을 앞두고 한 인터뷰. 모지스 할머니는 실제로 공화당 출신 아이젠하워 대통령과 민주당 출신 트루먼 대통령 모두와 친분을 유지했다.

나야, 제일 나은 사람을 뽑지요.

한 가족으로 뭉치든지, 아예 건드리질 말든지. 우리 두 나라는 평화롭게 지내기로 마음먹을 게 아니면 서로를 가만히 내버려둬야 한다고 생각해요. 난 정치는 잘 모르지만, 개헌 이후 꾸준히 투표해왔어요. 오빠는 민주당을 지지했고 아버지는 공화당을 지지했습니다. 나야, 제일 나은 사람을 뽑지요.

미국의 소련과의 관계를 언급하며. 모지스 할머니는 평소 〈트로이 레코드〉, 〈그리니치 저널〉, 〈후식 폴스 스탠더드 프레스〉, 〈워싱턴 카운티 포스트〉 등 지역 신문을 꼬박꼬박 챙겨봤다.

이 또한 언젠가 지나가리라 생각합니다.

옛날식 자동차가 처음 나왔을 때는 말썽이 많았지만 늘 그렇듯 그것도 지나갔어요. 앞으로 자동차가 쭉 있을 거라 말하는 사람들도 있지만 나는 이 또한 언젠가 지나가리라 생각합니다.

〈옛날 자동차The Old Automobile〉(1944)에 대한 작품해설 중에서.

이제는 돈이 우리의 주인입니다.

요즘 사람들은 예전만큼 행복하지 못한 것 같습니다. 행복할 여유가 없고 걱정이 많습니다. 이웃보다 잘 되려고 아등바등하며 더 좋은 것을 얻고자 애쓰고 또 애씁니다. 어찌 보면 인간은 지금 너무 많은 것을 가지고 있다는 생각이 듭니다.

우리 때는 훨씬 적은 살림으로 살았습니다. 나의 외할아버지는 이 나라에 와서 신발 만드는 기술을 배웠고 어머니는 열두 살이 되어서야 가게에서 산 신발을 처음 신어보았습니다. 외할아버지가 작업장에서 낡은 신발의 외피를 받아와 자식들의 신발을 만들어주었거든요.

12센트만 있어도 그 아이는 얼마나 부자였게요. 그런데 요즘은 어떤가요, 12센트는 물 쓰듯 써버리지요. 1센트짜리 동전은 굳이 세어보지도 않습니다. 옛날에는 물물교환을 많이 했어요. 결혼하려면 젊은 사람들은 말을 타고 목사를 찾아갔는데 콩 한 자루나 비슷한 물건을 목사에게 지불했습니다. 목사도 식량이 필요했으니까요. 이제는 돈이 우리의 주인입니다.

미신을 믿거나 하는 것은 아니지만, 거스를 수 없는 거대한 힘 같은 것이 존재한다고 생각합니다.

나는 미신을 믿거나 하는 것은 아니지만, 거스를 수 없는 거대한 힘 같은 것이 존재한다고 생각합니다. 내가 이런 일을 하게 될 줄 몰랐어요. 그런데 어떤 그림을 그려야 할지 잘 모르다가도 막상 붓을 잡으면 뭘 어떻게 해야 하는지 알려주는 무언가가 있는 것만 같습니다.

우리가 서로 싸우고 죽이는, 아주 못된 사람들인데도요.

편지 주셔서 좋았고, 여름이 온다고 기뻐하셔서 좋았어요. 그런데 정말 여름이 오는 걸까요? 어젯밤에 땅이 얼어버렸지 뭐예요. 하지만 신은 언제나 우리에게 파종기와 수확기를 주셨고 이번에도 우리를 저버리시지 않을 것 같아요. 우리가 서로 싸우고 죽이는, 아주 못된 사람들인데도요. 정말이지 빨리 끝났으면 좋겠네요. 그러면 마음 놓고 숨 쉴 수 있겠지요.

1943년 5월 15일에 힐데가드 바셔트에게 쓴 편지 중에서. 힐데가드 바셔트는 할머니에 대해 다음과 같이 말했다. "모지스 할머니 작품을 '향수에 젖은' 그림으로 여기는 사람들이 많아요. 그 사람들에게는 그렇게 느껴질 수 있겠죠. 하지만 모지스 할머니는 그런 분이 아니었어요. 제가 본 사람 중에 손꼽을 정도로 감상적이지 않은 분이었죠."

어둠에 심든 밝음에 심든
약함에 심든 강함에 심든.

그들은 선행의 씨앗을 뿌리네
밤낮없이 살피며 정성을 기울이고
쉼 없는 손으로 흙 위에 뿌리네
발 닿는 곳마다 논밭이 밝아지니
풍성한 소출을 거두리라
어둠에 심든 밝음에 심든
약함에 심든 강함에 심든
순응에 심든 분노에 심든
반드시 심은 대로 거두리라

〈추수철In Harvest Time〉에 대한 작품해설, 찬송가 〈무엇을 거둘 것인가What Shall the Harvest Be?〉 가사의 일부를 변형해서 인용했다.

선조들이 그랬다고 해서 따라 해야만 하는 건 아닌데 말이지요.

왜 추수감사절에 꼭 칠면조를 먹어야 한다고 생각할까요. 선조들이 그랬다고 해서 따라 해야만 하는 건 아닌데 말이지요. 그때야 칠면조가 많고 다른 고기는 없었다지만 이제는 다른 좋은 것들도 풍족하잖아요. 칠면조야, 나라에 바칠 목숨은 하나밖에 없는데 딱하구나.

〈추수감사절 칠면조 잡기Catching the Thanksgiving Turkey〉에 대한 작품해설 중에서.

내게 국기를 디자인해달라는 사람이 없네요.

있지요, 별이 50개 있는 국기가 있으면 어떨까 생각해 봤어요. 이제 새로운 주가 생겼으니 말이에요. 그런데 내게 국기를 디자인해달라는 사람이 없네요.

1959년 8월 21일 하와이는 미국의 50번째 주가 되었다.

그래도 어릴 적 미끄럼 타고 내려오던 언덕들은 지금도 똑같네요.

동네 풍경이 참 많이 변했어요. 그래도 어릴 적 미끄럼 타고 내려오던 언덕들은 지금도 똑같네요. 이제 난 주로 집 안에서 지내요. 햇볕을 쬐면 주근깨가 생겨서 살짝궁 나이 들어 보이더라고요.

100세에 인터뷰에서 한 말.

우리는 세상으로부터 받은 만큼 돌려주고 감사해야 되니까요.

나는 이제 여든여덟 살이 되었지만 열여섯도 안 된 기분이에요. 어떨 때는 정말 열여섯처럼 굴기도 해요. 내 생일파티가 엊그제였는데 케이크가 가로로 80센티, 세로로 30센티에서 35센티는 된 것 같아요. 사진을 구할 수 있으면 보내줄게요. 노먼 록우드가 케이크를 꾸며줬고 자르는 것도 도와줬답니다. 신문기자랑 촬영기사까지 해서 총 100명 정도 왔었어요. 멋진 선물을 많이 받았는데 그만큼 부담도 커지네요. 우리는 세상으로부터 받은 만큼 돌려주고 감사해야 되니까요.

1948년 9월 9일 프랜시스 그리어와 메리 버지니아 그리어에게 보낸 편지 중에서. 이들은 모지스 할머니가 젊은 시절 버지니아에 살 때 친하게 지내던 자매이다. 노먼 록우드는 대중적으로 큰 사랑을 받은 미국의 삽화가 및 화가이자 모지스 할머니의 이웃인 노먼 록웰을 할머니가 잘못 발음한 것이다.

오늘 아침 일어나서 일출을 봤는데 여태껏 본 태양 중 가장 밝았어요.

93세에 기자에게 한 말.

반짝이는 눈이 없는 겨울 풍경은 있을 수 없지요.

햇살 좋은 겨울날 시골에 가본 적 있나요? 온통 햇빛을 받아 반짝반짝 빛나는 눈이에요. 모름지기 반짝이는 눈이 없는 겨울 풍경은 있을 수 없지요.

풍경화에 반짝이 가루를 쓰지 말라는 주위의 충고에 답하며.

핑크색 하늘을 좋아해요.

핑크색 하늘을 좋아해요. 그래서 그걸 제일 먼저 그리지요.

그러니 나는 내 식대로 그리렵니다.

나는 그림을 공부할 기회는 없었지만 이거다 싶으면 해버립니다. 그림은 성경과도 같아요. 성경을 읽고 저마다 다른 생각을 하듯이 그림을 보고도 저마다 다른 생각을 하니까요. 그러니 나는 내 식대로 그리렵니다. 밝은색을 좋아하니 밝은색을 쓰고 원근법이니 뭐니 하는 건 잘 모르겠습니다. 그저 좋아해서, 뭘 그리고 싶은지 아니까 그리는 거지요.

한 면을 가득 채운 가지는
한 달 가까이 꽃을 피웠어요.
정말 믿을 수 없을 정도로
아름다웠지요.

하루는 토마스가 소작농 집을 지나가다가 꽃이 흐드러지게 핀 층층나무를 보았습니다. 가지 하나를 꺾어 집으로 들고 왔는데, 나무의 절반을 뽑아 왔다고 해도 믿을 만큼 커다랬고 가지 전체에 꽃이 피어 있었어요. 토마스는 가지를 물병에 넣어 한쪽 벽으로 붙여 놓고 못을 몇 개를 박아 쓰러지지 않게 가지를 받쳐주었습니다. 가지가 천장까지 닿았거든요. 식당의 한 면을 가득 채운 가지는 한 달 가까이 꽃을 피웠어요. 정말 믿을 수 없을 정도로 아름다웠지요. 그렇게 아름다운 건 그때까지 본 적이 없었고 그 이후에도 보지 못했어요.

이제 즐거운 새해를 맞이할 준비 중입니다. 다들 날 가만히 놔두질 않네요.

여기는 눈이 조금 내리고 있고요, 아이들에게 예쁜 트리도 구해주었어요. 오늘 아침에 집이 얼마나 난장판이었는지 보셨어야 하는데. 두 분 모두 건강히 잘 지내고 있지요?

꽃이 곱게 피었는데 점점 더 고와지네요. 나는 근사한 크리스마스를 보내고 이제 즐거운 새해를 맞이할 준비 중입니다. 다들 날 가만히 놔두질 않네요. 그래도 즐거운 시간이고 사람들이 날 생각해서 해주는 일이라는 걸 알아요.

1950년 12월 29일, 오토 칼리에 부부에게 쓴 편지 중에서.

자동차의 경적 소리보단
새들의 노래가 좋습니다.
고층 건물보단 나무가 예쁘고요.

도시에서는 길을 잘 잃어버려요. 사실 길을 찾을 생각조차 해본 적이 없어요. 자동차의 경적 소리보단 새들의 노래가 좋습니다. 고층 건물보단 나무가 예쁘고요.

농장에서는 늘 그날이 그날 같고, 달라지는 거라곤 계절밖에 없지요.

농장에서는 늘 그날이 그날 같고, 달라지는 거라곤 계절밖에 없지요.

이른 아침 해가 뜨기 전에 나는 옷을 갈아입고 불을 지피고 찻물을 끓인 다음, 닭장으로 나가 닭들에게 모이와 물을 주고, 들어와 아침 식사를 차리고, 일꾼들을 식탁으로 불러 모읍니다. 그때쯤 남자들이 우유를 짜고, 말들을 빗질하고 먹여서 일 시킬 준비를 마칩니다.

커피와 팬케이크가 준비되고 모두 아침 식사를 합니다. 그런 다음 대여섯 시간을 내리 밭에 나가 있다가 집으로 돌아오지요. 집에서 든든하게 점심 식사를 하고 해질 무렵까지 다시 일을 합니다. 그리고 저녁 식사를 하고 우유를 짭니다.

그러고 나면 어떤 집에서는 성경 한 장을 낭독하고 기도하고, 또 다른 하루를 시작하기 위해 잠자리에 들지요.

크리스마스는 하루뿐이 아니니까요.

우리는 크리스마스마다 사람들에게 놀러 오라고 했어요. 그뿐인가요, 누구나 들어와서 식사할 수 있도록 새해 첫날까지 늘 상을 차려놨지요. 크리스마스는 하루뿐이 아니니까요.

아름다운 눈은 흠잡을 데 없구나.

와, 눈이다, 아름다운 눈이다
하늘을 채우고 대지를 채운다
언덕을 내려와 다리를 건너
우리는 강을 잘도 넘어가네
딸랑딸랑 들썩들썩 쌩쌩 달려
사그락, 얼어붙은 눈길 위로
더덩실 살랑살랑 쉭쉭 달리네
아름다운 눈은 흠잡을 데 없구나

〈겨울이 왔어요Winter Is Here〉(1945) 작품해설 중에서. 제임스 W. 왓슨의 시 〈아름다운 눈Beautiful Snow〉을 일부 변형한 것으로 보인다.

**얼마나 재밌었게요!
우리가 시간 가는 줄 모르고
밖에서 놀 동안 온도계는
영하 30도를 가리켰답니다.**

해가 나오면 눈 표면이 녹았다가도, 말을 떠받칠 정도로 이내 꽁꽁 얼었습니다. 나는 추운 날씨 탓에 등교하지 못한 남자 형제들과 빙판 위에서 놀았습니다. 우리는 과수원을 내려다보는 언덕에 올라 썰매를 타고 쌩쌩 달렸지요! 레스터는 무쇠 날이 달린 썰매를, 호러스는 빨래통 받침대를 거꾸로 뒤집어서 탔고(아주 안전했어요), 아서는 쓰레받기를, 나는 낡은 넉가래를 탔습니다. 얼마나 재밌었게요! 우리가 시간 가는 줄 모르고 밖에서 놀 동안 온도계는 영하 30도를 가리켰답니다.

하지만 다리에 다다르기도 전에 건너려고 해서는 안 될 거예요.

봄이 다시 찾아온 것 같네요. 파랑새와 울새의 노랫소리를 들으니 집 밖으로 나가 청소를 하고 싶어요. 바깥 상황은 정말 안 좋아 보이긴 하네요. 눈이 왔을 때는 보기 흉한 것들이 많이 덮였었는데요. 녹색 풍경을 다시 보고 싶긴 하지만 더위도 함께 찾아오겠지요. 하지만 다리에 다다르기도 전에 건너려고 해서는 안 될 거예요.

1943년 3월 26일, 힐데가드 바셔트에게 보낸 편지 중에서.

이 모던한 시대에 우리는 가진 것에 더 감사하는 마음을 가져야겠지요.

추수감사절 그림을 그릴 동안은 마음이 90년 전으로, 내가 다섯 살배기였을 때로 돌아갔습니다. 스토브를 그릴 때는 장작을 손수 패야 했던 것이 생각났습니다. 칠면조를 구우려면 땔감 상자에 마른 장작을 가득 채워둬야 했지요. 버터도 손수 휘저어 만들어야 했고요.

세상이 참으로 많이 바뀌었네요. 전기스토브도 없고 슈퍼마켓도 없던 시절, 우리는 행복했고 추수감사절마다 온 가족이 모여 가진 것에 감사해했습니다. 이 모던한 시대에 우리는 가진 것에 더 감사하는 마음을 가져야겠지요.

자연이 근면함으로
꽃과 풀과 나무와 덤불을 수놓아
땅 구석구석을 꾸미는 모습을 보세요!

자연조차 우리에게 근면을 설교합니다. 우리 함께 조용한 숲으로 잠시만 떠나볼까요. 이곳에는 불화도, 소란도 없고 세상의 왕래도 없습니다. 숲은 고요합니다. 하지만 주위를 둘러보세요. 자연의 분주한 손길로 무엇이 탄생했는지. 자연이 근면함으로 꽃과 풀과 나무와 덤불을 수놓아 땅 구석구석을 꾸미는 모습을 보세요!

14세였던 1874년, 학교에 나간 마지막 날 반 친구들 앞에서 한 연설 중에서. 새뮤얼 G. 굿리치의 《근면의 장점The Benefits of Industry》(1835)에서 대부분의 내용을 빌려왔다. 80년 가까이 가지고 있던 자필 연설문을 1950년대에 오토 칼리에에게 주었다.

하지만 감사할 일은 너무도 많습니다.

추수감사절에는 웃음꽃이 피어나는 집이 있는가 하면 슬픔에 잠기는 집도 있습니다. 하지만 감사할 일들은 너무도 많습니다. 우리가 누리는 모든 축복과 풍요로움에 감사해야겠지요.

그때 그 푸른색 배경 위에 펼쳐진 흰색과 회색을 그림으로 그릴 수 있었더라면 얼마나 좋았을까요!

들통으로 버터를 만드는 건 힘이 많이 들긴 해도 그 나름의 재미가 있더라고요. 그 일을 하면서 멀리 골짜기를 내려다볼 수도 있었고 기차가 지나갈 때면 블루리지 산맥을 배경으로 증기가 뭉게뭉게 퍼져나가는 아름다운 광경을 볼 수도 있었지요. 그때 그 푸른색 배경 위에 펼쳐진 흰색과 회색을 그림으로 그릴 수 있었더라면 얼마나 좋았을까요!

외국에도 이글 브리지처럼 아름다운 곳은 없어요.

모지스 할머니는 1907년부터 여생을 이글 브리지에서 보냈다.

꽃을 찾아다니거나
갯버들을 꺾던
그날들이 그립습니다.

봄이 되면 할 일이 많습니다. 이른 봄, 아직 눈발이 흩날릴 때 숲으로 가서 그해 처음으로 피어난 아르부투스 꽃을, 눈 속에서도 피어나는 그 꽃을 찾아다니거나 갯버들을 꺾던 그날들이 그립습니다! 그럴 때면 하느님의 뜻 가까이, 대자연 가까이에 다가선 것 같은 기분이 들곤 했지요. 생각해보면, 대자연이야말로 우리가 진정 자유로울 수 있는 곳이고 아름다움과 평온을 간직한 곳이며, 삶의 소음에서 벗어나 고요해지기 위해 간절히 가고픈 그런 곳이 아닐까요.

할 일과 이루어야 할 일은 언제나 있습니다. 그러니 꼭 포기하지 마세요.

지난 50년 사이 먹고살기가 퍽 수월해졌습니다. 내 아들들은 우리 때보다 짧은 시간 일합니다. 남편은 아침에 일어나 젖소 서른 마리의 우유를 짰었는데, 이제는 누가 그렇게까지 할까요. 노동력 아끼려고 죄다 기계에 맡기지요. 하지만 사람이 변한 건 아닙니다. 사람은 시대의 흐름에 맞추어 살 뿐이지요.

어떤 종류든, 일은 우리 삶에 행복을 더해줍니다. 늘 부지런히 지내고 일에 몰두하면 걱정할 시간이 없습니다. 아이들도 일을 빨리 배울수록 더 행복해지고, 더 당당해지리라 생각합니다.

나는 한평생을 바쁘게 보냈습니다. 할 일과 이루어야 할 일은 언제나 있습니다. 그러니 꼭 포기하지 마세요.

1961년, 101세의 모지스 할머니는 요양원에 입원했다.
그를 가장 힘들게 했던 건 물감이 있으면
쉬지 않을 것이라며 그림을 못 그리게 한 주치의의
처방이었다. 할머니는 급기야 의사의 청진기를 숨겼고,
어디 뒀냐는 질문에 이렇게 답했다.

"그건 말 못 해주지. 내가 몰수했어요.
날 이글 브리지로 돌려보내주면 청진기도 돌려줄게요."

하지만 다시는 이글 브리지로 돌아가지 못했고,
1961년 12월 13일, 그는 평화로운 죽음을 맞았다.
의사가 말했다.

"그저 기력이 다하신 겁니다."

톰 비라크리, 《모지스 할머니Grandma Moses》(1989)에서 소개된 일화.

엮은이의 글

2019년 늦가을, 나는 맨해튼을 빠르게 빠져나가는 기차에 몸을 싣고 창밖의 허드슨강을 바라보고 있다. 할머니를 뵈러 가는 길이다. 비행기로 14시간, 기차로 3시간을 가고도 차로 1시간 반을 더 가야 하는, 먼 길이다.

할머니는 나에게 언제나 멀고도 가까운 존재였다. 150여 년 전 뉴욕주 시골에서 태어나, 내게 조금은 낯선 영어를 구사한 할머니의 자서전을 번역할 때도 그랬고, 수오서재의 의뢰로 이번 잠언집에 들어갈 자료를 찾아 미국의 고 신문 아카이브를 뒤질 때도 그랬다. 낡은 신문지 스캔

본의 깨알 같은 글씨를 컴퓨터 화면에 크게 확대해 모래 속 진주를 캐듯 할머니의 말을 주워 모으고, 지직거리는 1950년대 라디오 인터뷰 속 할머니의 목소리를 놓칠세라 이어폰 낀 귀를 곤두세우고, 둥글게 단정한 필기체로 쓰인 할머니의 편지에서 간혹 알쏭달쏭한 글자를 해독하려 이리저리 돌려보던 나는 늘, 우리 사이의 어쩔 수 없는 거리를 좁히려고 애썼던 것 같다.

어느 순간부터 나는 애나 메리 로버트슨 모지스를 '모지스 할머니'도 아닌 '할머니'라고 부르고 있었다. 6년 전 할머니 자서전의 번역 후기 초고를 쓸 때만 해도 저자를 '모지스'라는 성으로 지칭하며 내가 '객관적인 역자'라고 착각했었는데, 이제는 내가 모지스 할머니의 한국인 양손녀가 된 셈이라고 내 멋대로 착각하는 것이다.

그렇게 객관성이라고는 손톱만큼도 남지 않은 마음으로 버몬트주의 베닝턴 박물관에 도착했다. 베닝턴 박물관은 공공 컬렉션으로는 세계에서 가장 많은 수의 모지스 할머니 작품을 소장하고 있다. 단연 이 박물관의 하이라이트인 '그랜마 모지스 갤러리'는 할머니가 다녔던 작은 학교 건물을 옮겨와 박물관 왼편에 이어 붙여 만든 상설전시실에 있다. 유독 그랜마 모지스 갤러리 입구 앞에만 붙어 있던 사진 촬영 금지 팻말마저 성지를 마주한 기분이

들게 했다. 떨리는 마음으로 입장했다. 가장 먼저 시선이 꽂힌 그림은 겨울 풍경이었다(그림에 압도되어 유일하게 제목과 제작 연도를 미처 메모하지 못했지만 〈강 건너 할머니 댁Over the River to Grandma's House〉이 아니었을까 추정해본다). 나는 낮은 탄성을 내뱉었다. 실물의 화사하고 또렷한 색감이 사진으로 봐온 것과는 차원이 달라서였다. 촌스럽지도, 자극적이지도 않으면서 힘 있는 천연색이 조화롭게 어우러져 있었다. 무지개를 본 것처럼 기분이 활짝 폈다. 조금 더 걸으니 또 다른 겨울 풍경, 〈수북한 눈Deep Snow〉(1959)이 나왔는데 할머니의 그 유명한 반짝이 가루가 눈밭에 포슬포슬 흩뿌려져 있었다. 어린애들이나 쓰는 반짝이 가루를 쓴다고 할머니를 말렸던 주변의 충고가 무안할 정도로 그 은은한 반짝임은 실제 설경의 마법을 고스란히 품고 있었다. 할머니의 겨울 풍경화가 왜 그토록 사랑받아왔는지 알 것 같았다. 그중에서도 대표적인 '메이플 시럽 만들기Sugaring off' 시리즈는 전시에 포함되지 않았지만, 며칠 후 방문한 맨해튼의 세인트 에티엔 갤러리Galerie St. Etienne에서 아쉬움을 달랠 수 있었다. 세인트 에티엔 갤러리는 뉴욕 미술계에서 할머니 커리어의 발판을 마련하고 이후 대리인 역할까지 자처한 아트 딜러 오토 칼리에가 창립했는데, 1940년 할머니의 첫 개인전이 열린 곳이기도 하다. 짱짱하고 세밀하던 붓 터치가 점차 어렴풋하고 부드러워진 할머니의 후기 '메이플 시럽 만들기' 풍경화와, 할머니가 자기 방에 걸어두고 싶은 그림으로 꼽았던 〈모든 것이 고요하다 All Is Still〉(1941)가 특히 기억에 남는다.

할머니 그림은 가까이서, 구석구석 들여다보는 재미가 있었다. 20여 년 만에 베닝턴 박물관에 전시되었다는 〈폭풍우 Thunderstorm〉(1948)에는 강풍에 휙 날아가는 마부의 모자와 놀라서 휘둥그레진 말들의 눈이, 〈핼러윈 Halloween〉(1956)에는 구석진 나뭇가지에 앉은 부엉이의 검은 그림자와 헛간 지붕에 어슴푸레 비치는 달빛이 숨어 있었다. 〈베닝턴Bennington〉(1953)은 내가 지금 서 있는 곳, 베닝턴 박물관을 숨은그림찾기 해보는 재미가 있었다. 할머니의 말처럼, 할머니의 그림도 장난기가 그득하다. 뒤뚱뒤뚱 〈가을Autumn〉(1957)을 가로지르는 귀여운 오리 행렬이든, 〈화이트 크리크White Creek〉(1952)의 개울가 속으로 다이빙을 준비하는 아이와 알록달록 모여든 구경꾼이든, 모두가 분주히, 경쾌히, 움직이고 있다. 할머니 자신이 그랬던 것처럼.

열두 살부터 근 한 세기 동안 한시도 노동을 멈추지 않았던 할머니를 종종 생각한다. 한평생 오로지 자기 힘으로 자기의 삶을 일구어낸 사람의 자긍심, 그 사람의 말과 그림과 얼굴에 배어 나오는 그 꼿꼿함에 대해서도 생각한다. 반면 겨우 삼십 대에 툭하면 무기력해지고 골골대는 나는 가끔 할머니를 마음으로 불러본다.

— 할머니…. 어떻게 그렇게 오래 버티셨어요?

그러면 라디오 인터뷰에서 듣던 할머니의 카랑카랑한 목소리가 귓가에 울릴 때가 있다.

— 바쁘게 지내다 보면, 그 또한 언젠가 지나가져. 한바탕 시원하게 웃고 나면, 그 힘으로 또 살아가져.

다른 사람에게 들었으면 식상한 위로로 들렸을 수 있는 말이지만, 같은 말이라도 누가 하냐에 따라 무게가 다르다. 101년이라는 길고도 풍진 세월을 생존한 사람, 두 차례의 세계대전과 수차례의 사적인 상실을 겪어낸 사람의 이 단단한 믿음을, 맹목적 낙관이나 고의적 무지로 치부하기 어려운 이 초연한 긍정을 자꾸만 믿어보고 싶다.

스물여덟 점의 유화, 두 점의 털실 그림을 오랫동안 구경하고 나오자 베닝턴 박물관 입구를 지키던 친절한 직원분과 눈이 마주쳤다. 전시된 털실 그림 하나의 소재이자 할머니가 유화로 즐겨 그리기도 했던 '지붕 달린 다리'를 혹시 이 근방에서 볼 수 있는지 물어봤더니, 직원분은 눈을 반짝이며 그렇다고 했다. 미국에서 19세기 초부터 널리 지어졌다가 20세기에 상당수 파괴된 지붕 달린 다리가 베닝턴에는 세 곳이나 남아 있는 모양이었다. 내 호응에 신이 난 그는 창고에 할머니가 죽기 전날 그렸던 마지막 그림이 있다고 귀띔해주기도 했다. 어떤 그림인지 얼른 물으니, 집과 사람이 그려진 풍경인데 사람들이 집채보다 크고, 거대한 이빨을 드러내고 있어 마치 귀신들 같다고 했다. 모지스 할머니의 마지막 그림이 〈무지개 Rainbow〉(1961)라고 알고 있던 나는 적잖이 놀랐다. 그림이 무척 궁금했지만 직원분이 그 그림은 전시하지 않는다며, 베닝턴 박물관이 소장하고 있는 모지스 할머니 작품 70여 점 중 "최고"만을 선보이고 있다고 말했다. 할머니의 마지막, 미완성 작품을 묘사할 때 조금 찌푸려졌던 그의 인상이 마음에 남았다. 지금까지 '모지스 할머니다운' 것만이 홍보되고 연구되고 소비되어온 건 아닐까, 그런 것을 긁어모아 번역한 나의 작업도 당대 사람들의 염원으로 만들어진 어떤 신화를 재생산하고 있는 건 아닐까, 갑자기 혼란스러웠다. 정작 "그림을 보고 사람들의 기분이 좋아지지 않는다면 뭐 하러 그리겠어요?"라던 할머니는 내게 걱정도 쌨다고 할 것 같지만.

다음 행선지는 사십 대 후반부터 할머니가 여생을 보낸 이글 브리지였다. 베닝턴에서 이글 브리지로 가는 30분의 드라이브 동안 할머니의 그림 속에서만 보던 굽이굽이 넘실거리는 언덕, 하늘, 농가들이 눈앞에 아득하게 펼쳐졌다. 단풍도 떨어지고 눈도 내리기 전인 밋밋한 계절이었음에도 시야와 속이 탁 트이는 아름다운 곳이었다. 2009년, 모지스 할머니 후손들의 노력으로 약 20만 평에 달하는 모지스 농가Moses Farm가 개발제한구역으로 지정되었다는데, 할머니가 사랑해 마지않아 1,000번이고 그리고 기록했던 곳이 그 모습 그대로 지켜질 거라 생각하니 참 다행이다.

할머니의 이름을 딴 길, 그랜마 모지스 로드로 진입하니 곧이어 '마운트 네보'라고 불린 할머니의 집이 보였다. 할머니가 살았던 하얀 집 옆의 빨간 헛간은 일부 갤러리로 개조되어 할머니의 증손자 윌 모지스의 그림들을 전시, 판매하고 있었다. 윌 모지스의 그림들은 할머니의 것과 닮은 듯 달랐다. 할머니의 그림이 파노라마라면, 윌 모지스의 그림은 뉴잉글랜드를 훨씬 더 가까운 초점거리에서 아기자기하고 복작복작하게 담아낸다. 당신이 붓을 놓을 때 누군가는 다시 잡길 바라던 할머니가 흐뭇해할 것 같았다.

11월의 해가 일찍 저물고 있어 나도 서둘러 그날의 마지막 행선지로 향했다. 드디어 할머니를 뵐 터였다. 메이플 그로브 묘지는 차로 8분 거리로 후식 폴스에 있었다. 그런데 묘지 앞에 도착한 순간 가슴이 철렁했다. 가장 오래된 묘비가 1700년대에 세워졌다는 이곳에는 못해도 수백, 아마도 수천 자리의 무덤이 있었고, 나는 할머니가 이곳에 묻혀 있다는 사실만 알았을 뿐 정확한 위치 정보가 없었다. 날은 이미 어둑어둑해지기 시작했고 대도시의 공원처럼 친절하게 조명이 켜질 것 같지 않았다. 여기까지 와서 할머니께 인사도 못 드리고 캄캄한 어둠 속에서 공동묘지를 헤맬 순 없었던 나는 무작정 묘비 사이를 뛰어다니기 시작했다. 이 순례길에 처음부터 함께 올랐던 엄마도 정반대 방향으로 흩어져 수색에 나섰다. 숨 가쁜 5분이 지났을까. 불현듯, 강력한 자석에 이끌리듯 언덕 위쪽으로 고개를 들었더니 커다란 상록수 아래 대문자로 '모지스MOSES'라고 새겨진 묘비가 터널 시야처럼 눈에 들어왔다. "찾았어!"라는 외침과 동시에 언덕 위로 헐레벌떡 뛰어 올라갔다. 가까이 가서 보니 '애나 메리 로버트슨'의 묘비가 맞았고 할머니가 34년 먼저 떠나보낸 남편과 3년 먼저 떠나보낸 큰딸의 이름도 나란히 새겨져 있었다. 가족묘 근처에는 할머니를 기리는 비석도 따로 있었는데 이런 문구가 적혀 있었다.

> 애나 메리 로버트슨 모지스
>
> '모지스 할머니'
>
> 그의 소박한 그림은
>
> 사라지는 전원의 혼을 담아냈고
>
> 그 풍경을 보존했다.

나는 숨을 고르고 인사를 드렸다. "할머니. 저 왔어요." 한국식으로 큰절도 두 번 올렸다. 그러고는 (할머니가 알아들을 수 있도록 영어로) 간단한 자기소개와 함께 한국에서 할머니의 자서전이 출간되었다는 이야기, 할머니의 그림과 글이 한국 독자들에게 큰 사랑을 받았다는 이야기, 특히 나의 엄마, 엄마의 친구들, 또 누군가의 엄마일 독자들에게 깊은 공감과 위로가 된 것 같다는 이야기, 나에게도 참 의지가 되었다는 이야기, 그래서 감사하다는 이야기를 했다. 그리고 할머니의 어록을 모아 새로운 책을 준비하는 중인데 좋아해주셨으면 좋겠다고, 허락과 축복을 구했다.

구구절절 이야기를 마치고 뒤를 돌아보니 마지막 햇살 한 줌이 서산을 엷게 감싸고 있었다. 서 있던 지대가 워낙 높아서 저 멀리 낮은 산과 숲, 그리고 후식강이 한눈에 들어왔다. 할머니가 살아생전 좋아하던 '핑크빛' 노을을 원 없이 보고 있겠다는 생각에 기뻤다. 번역할 때는 할머니가 멀어질세라 열심히 뒤따라가도 늘 한 발짝 뒤에 머무른 나였지만 그 순간만큼의 우리는 나란히 서서 같은 노을을 바라보았다.

나는 지금도 그 많은 무덤 가운데 할머니가 있는 곳을 바로 찾은 것이 신기하다. 할머니가 그때 나를 부른 거라고, 할머니도 나를 반갑게 맞아준 거라고, 버티는 게 새삼 버거운 날들에 할머니를 불렀던 내게 주는 응답 같은 거였다고 믿는다. 어쩌면 할머니는 그 언덕 위에서의 전망을 내게 보여주고 싶었는지도, 사위의 고요를 들려주고 싶었는지도 모른다. 머나먼 곳을 가만히 바라볼 동안 마음이 편안해졌으니까. 비좁은 속에 웅어리진 마음이 드넓은 공간에 스르르 풀어지고, 품어지는 기분이었으니까. 할머니의 그림을 볼 때처럼.

이 책은 번역서임에도 불구하고 한국 독자들만이 볼 수 있는 책이다. 할머니의 어록만을 이토록 집요하게 모은 책은 지금까지 영어권에서도 없었다. (차라리 있었으면 작업이 훨씬 쉬웠을 것이다!) 내가 두서없이 묶은 대체로 짧은 번역문들이 책의 형태를 갖추기까지는 수오서재 편집부의 많은 노력과 고심이 있었다. 오롯이 할머니의 목소리에 집중할 수 있도록, 원 기사에 실렸던 인터뷰어의 질문과 서술을 제외하고 할머니의 답만 모으거나, 출처는 다르지만 같은 주제에 관한 이야기들을 한데 취합하는 등의 까다로운 작업을 거쳤다. 할머니의 자서전《인생에서 너무 늦은 때란 없습니다》편역 당시 출간된 내용과 아깝게 포함되지 않은 내용 중 이 책과 결을 같이하는 내용도 이번에 함께 소개했다. 이 책의 모양과 리듬을 오랫동안 공들여 빚어준, 번역가 못지않은 '할머니'의 팬들, 수오서재 편집부께 감사드린다.

모지스 할머니의 생애

애나 메리 로버트슨 모지스
Anna Mary Robertson Moses

1860. 9. 7. — 1961. 12. 13.

어린 시절

1860년 9월 7일, 뉴욕 북부 그린위치의 한 농가에서 셋째로 태어났다. 어린 시절에는 주로 형제들과 함께 농장 일을 돕거나 가사를 배웠는데, 애나 메리는 그런 일보다 남자 형제들과 밖에서 놀거나 그림을 그리는 걸 좋아했다. 6세 무렵 잠깐 다녔던 학교를 그만두고 12세에 가정관리사로 취직했다. 그 후로 15년 동안 일을 하다가 26세가 되던 해, 같은 농장에서 일하던 토마스 새먼 모지스를 만나, 이듬해인 1887년 11월 9일에 결혼식을 올렸다.

남부 시절

토마스가 한 목장관리인으로 가게 되면서 그들은 남부 버지니아로 향했다. 우연히 기차를 잘못 갈아타며 버지니아의 스톤턴에서 하루를 묵게 되었는데, 그곳에서 아름다운 셰넌도어 벨리의 풍경에 반한 그들은 그대로 정착했다. 저축한 돈을 털어 젖소 한 마리와 암탉 여섯 마리를 샀고, 집에서 직접 우유를 짜고, 버터를 만들고, 감자칩을 만들어 팔며 생계를 꾸려갔다. 애나 메리는 남부에서 지내는 동안 열 명의 아이를 낳았는데, 그중 다섯 명만이 살아남았다.

그렇게 남부에서 20년 가까이 살았지만, 향수병에 시달리던 남편 토마스를 위해 다시 고향으로 향했다.

이글 브리지 시절

1905년, 뉴욕 북부 이글 브리지의 한 농장을 구입해 자리 잡았다. 농장을 경영하며 바쁜 나날을 보내다 1927년 1월 15일, 남편 토마스가 심장병으로 사망했다. 1932년, 결핵에 걸린 막내딸을 간호하기 위해 베닝턴으로 갔고, 그때 딸 애나가 자수를 권했다. 딸이 사망하자 다시 농장으로 돌아왔다. 76세가 되던 해, 평소 앓던 류머티즘 관절염 때문에 자수 바늘을 구멍에 끼울 수 없었다. 마침 애나 메리의 집에 머무르고 있던 여동생이 그에게 그림을 권유했고, 그렇게 바늘을 놓고 붓을 들었다.

'모지스 할머니'의 탄생

1936년, 후식 폴스에서 한 잡화점에 그림을 전시했다. 1938년, 잡화점 너머로 애나 메리의 그림을 본 뉴욕의 수집가인 루이스 J. 칼도어는 그길로 그를 찾아갔다. 그의 나이 78세의 일이었다. 루이스는 뉴욕의 여러 갤러리에 그를 소개했고 1939년, 그림 세 점이 뉴욕 현대 미술관에 전시되었다. 루이스는 여기에 그치지 않고 에티엔 갤러리의 창립자 오토 칼리에를 만난다. 1940년 10월, 애나 메리 로버트슨 모지스의 첫 개인전은 큰 성공을 거두었다. 이후 한 기자에 의해 그는 '모지스 할머니'라는 별명으로 세상에 알려지기 시작했다.

1940년 12월, 뉴욕의 김벌스 백화점 초대로 그림 전시와 함께 강당 연설을 했는데, 이 장면이 방송을 타면서 인기가 폭발적으로 확산했다. 이후 그의 작품은 뉴욕을 비롯해 미국 30여 개 주의 여러 도시에서 전시되었다. 1944년에는 유럽 10여 개국에서 소개되었고, 중국과 대만, 일본 등 아시아에서도 전시되며 문화와 국경을 넘어 사랑받았다.

전 세계가 사랑한 할머니 화가

1946년, 오토 칼리에가 모지스 할머니의 첫 번째 작품집을 출간했고, 1949년에는 트루먼 대통령 초대를 받아 워싱턴을 방문했다. 1950년, 제롬 힐은 모지스 할머니를 주인공으로 한 23분짜리 컬러 다큐멘터리를 만들었다. 그는 이 작품으로 그해 오스카상 최종 후보에 올랐다. 1952년, 모지스 할머니가 직접 쓴 자서전《내 인생의 역사》가 칼리에의 편집을 거쳐 출간되었다. 1953년, 〈타임〉 표지를 장식했고, 1955년에는 당시 최고의 언론인이었던 에드워드 머로가 이글 브리지를 찾아와 그를 인터뷰했다.
1960년, 〈라이프〉 매거진은 모지스 할머니의 100세 생일 기념으로 유명 사진작가였던 코넬 카파를 그의 농장으로 보내 사진을 찍었다. 당시 뉴욕 주지사였던 넬슨 록펠러는 1960년 9월 7일 할머니의 100세 생일을 '모지스 할머니의 날'로 선포했다(넬슨은 이후에 미국의 부통령이 되었다). 1961년, 101번째 생일 역시 수많은 매체의 1면을 장식했고, 그해 12월 13일 101세의 나이로 세상을 떠났다.

모지스 할머니는 70대 중반부터 101세의 나이로 세상을 떠나기 직전까지 무려 1,600여 점의 작품을 남겼다. 여전히 미국인이 가장 사랑하는 화가 중 한 사람으로 그녀의 작품, 〈7월 4일July Fourth〉은 현재 백악관에 전시되어 있다. 2006년에는 〈설탕 만들기Sugaring Off〉(1943)가 무려 1,200만 달러(한화 약 131억 원)에 팔리는 기록을 남겼다.

출처

1 "Grandma Moses", 〈The Art Digest〉, 1940. 10. 15.

2 "Grandma Moses Just Paints and Makes No Fuss About It", 〈New York World-Telegram〉, 1940. 11. 15.

3 "Grandma Moses Takes up Art", 〈The Knickerbocker News〉, 1941. 3. 29.

4 Louis Caldor에게 보낸 편지, 1942. 2.

5 Louis Caldor에게 보낸 편지, 연도미상. 10. 18.

6 Louis Caldor에게 보낸 편지, 1942.

7 Hildegard Bachert에게 보낸 편지, 1943. 3. 26.

8 "She Took Up Art at 76", 〈The Woman with Woman's Digest〉, 1943. 5.

9 Hildegard Bachert에게 보낸 편지, 1943. 5. 15.

10 Otto Kallir에게 보낸 편지, 1943. 9. 15.

11 Otto Kallir에게 보낸 편지, 1944. 2. 21.

12 Otto Kallir에게 보낸 편지, 1944. 3. 4.

13 "'To Grandmother's House We Go'", 〈Collier's〉, 1945. 1. 6.

14 Otto Kallir에게 보낸 편지, 1945. 10. 3.

15 "Grandma Moses, Who Began to Paint at 78", 〈The New York Times Magazine〉, 1945. 12. 2.

16 "'Go Ahead and Paint': 'Anybody Can Paint If They Go about It,' Says Successful Artist Grandma Moses", 〈Christian Science Monitor〉, 1946. 1. 5.

17 "Fame Comes to Grandma at 77", 〈New York Post〉, 1946. 4. 10.

18 Grandma Moses, ed. Otto Kallir, 《Grandma Moses, American Primitive》, Doubleday & Co., 1947. 1. 1.

19 Otto Kallir에게 보낸 편지, 1947. 2. 3.

20 Otto Kallir에게 보낸 편지, 1947. 4. 14.

21 Bettie Moses에게 보낸 편지, 1947. 6. 6.

22 "Grandma Moses Celebrates 87th Birthday with Party", 〈The Troy Record〉, 1947. 9. 8.

23 Hildegard Bachert에게 보낸 편지, 1948. 3. 9.

24 "Grandma Moses Still Paints", 〈Buffalo Courier-Express〉, N.Y, 1948. 8. 25.

25 "Grandmother Who Gained Fame as Artist at 76 is Life of Party on 88th Birthday", 〈The New York Times〉, 1948. 9. 8.

26 Frances Greer, Mary Virginia Greer에게 보낸 편지, 1948. 9. 9.

27 "Grandma Moses Has a Birthday", 〈LIFE〉, 1948. 10. 25.

28 "Around the Town", 〈Albany Times Union〉, N.Y, 1948. 12. 22.

29 〈TIME〉 Vol. 52, 1948.

30 "Grandma Moses Scorns City Scene", 〈The New York Times〉, 1949. 5. 14.

31 "Grandma Moses, 88, Here to Get Art Award, Finds Contrast with Her Honeymoon Capital", 〈Washington Times-Herald〉, 1949. 5. 15.

32 "Sidelight On Visit of 'Grandma' Moses", 〈The Times Record〉, N.Y, 1949. 5. 16.

33 "An Afternoon with Grandma Moses", 〈The New York Times〉, 1949. 10. 9.

34 "Grandma Moses Art to Be at Hobby Show", 〈Schenectady Gazette〉, N.Y, 1949.

35 "Grandma Moses Will Be 90 Thursday", 〈Albany Times Union〉, N.Y, 1950. 9. 3.

36 "Grandma Moses Is 90 Years Old Today; Holds Special Exhibition of Paintings", 〈Washington County Post〉, 1950. 9. 7.

37 "Grandma Moses Celebrates 90th Birthday", 〈The New York Times〉, 1950. 9. 8.

38 "Grandma Moses Finds Long-Living 'a Cinch'", 〈The Binghamton Press〉, N.Y, 1950. 9. 8.

39 "Famed Grandma Moses Visits 2 Local Museums", 〈The Otsego Farmer〉, 1950. 9. 29.

40 "'Grandma' Moses Still Paints And Takes Many Honors Lightly", 〈The Dimonale News〉, 1950. 10. 26.

41 Otto Kallir에게 보낸 편지, 1950. 11. 11.

42 Otto Kallir, Fanny Kallir에게 보낸 편지, 1950. 12. 29.

43 "'I Just Follow Nature' Says Grandma Moses", 〈Weekend Picture Magazine〉, 1952. 2. 16.

44 "It's Never Too Late to Begin, Grandma Moses Starts a New Business at the Age of 91", 〈The American Weekly〉, 1952. 5. 18.

45 "Grandma Moses, 92 Tomorrow, Continues Painting Every Day", 〈The Times Record〉, N.Y, 1952. 9. 6.

46 〈Betty Parry Radio Show〉, WXKW Albany, 1952. 9. 15.

47 《Grandma Moses: My Life's History》, Grandma Moses ed. Otto Kallir, Harper & Brothers, 1952.

48 "Grandma Moses' Secret", 〈The American Weekly〉, 1953. 9. 6.

49 "Grandma Moses Presents Canvas", 〈The New York Times〉, 1953. 10. 22.

50 "Grandma Moses and Kallir", 〈New York Herald Tribune〉, 1953. 10. 25.

51 Frances Greer에게 보낸 편지, 1953. 12. 26.

52 "Art: Presents from Grandma", 〈TIME〉, 1953. 12. 28.

53 Winston Churchill에게 보낸 편지, 1955. 4. 6.

54 "Grandma Moses, 95 Tomorrow, Eager for End of Birthday 'Fuss'", 〈The New York Times〉, 1955. 9. 6.

55 "Two American Originals", 〈See It Now〉, 1955. 12. 12.

56 Dwight D. Eisenhower에게 보낸 편지, 1956. 1. 12.

57 "Grandma Moses To Be Guest At Republican Dinner April 5", 〈The Times Record〉, N.Y, 1956. 3. 21.

58 "Grandma Moses Finally Views December TV Appearance", 〈New York World-Telegram and The Sun〉, 1956. 5. 1.

59 "Grandma Moses Is Busy at 96; Plans Quiet Family Party Today", 〈The New York Times〉, 1956. 9. 7.

60 "We Break Bread Together", 〈McCall's〉, 1956. 11.

61 《Christmas with Grandma Moses》, RCA Victor, 1958.

62 "Grandma Moses: Portrait of the Artist at 99", 〈The New York Times〉, 1959. 9. 6.

63 "Grandma Moses, Symbol of Senior Achievement", 〈Modern Maturity〉, 1960. 2~3월호.

64 "Grandma Moses, Still 'Flabbergasted' by Success, Calls United States Land of Free Expression for All", 〈The Times Record〉, N.Y, 1960. 8. 6.

65 "Gay Grandma Moses 100 Tomorrow", 〈New York Herald Tribune〉, 1960. 9. 3.

66 "Grandma's Homespun Wit: Always Salty, Sparkling", 〈The Times Record〉, N.Y, 1960. 9. 3.

67 "Grandma Moses, 100 Years Old on Thursday, Keeps Herself, Her Art Young With Laughter", 〈The San Bernardino Sun〉, 1960. 9. 4.

68 "Grandma Moses Turns 100 Gaily", 〈The New York Times〉, 1960. 9. 8.

69 "100 Candles for a Gay Lady", 〈LIFE〉, 1960. 9. 19.

70 "Grandma Moses Lived with Zest", 〈Moses Scrapbooks〉 vol. IV, 1960년대 추정.

71 "Grandma Moses, 101 Sept. 7, Planning Quiet Celebration", 〈The Times Record〉, N.Y, 1961. 8. 30.

72 "Grandma Moses Sings, Chants Poems for Birthday", 〈The Victoria Advocate〉, 1961. 9. 7.

73 "Grandma Moses Dies at Age of 101", 〈Buffalo Courier-Express〉, N.Y, 1961. 12. 14.

74 "Grandma Moses, 101, Famous Artist of Eagle Bridge, Dies; Rites Saturday", 〈The Times Record〉, N.Y, 1961. 12. 14.

75 "Work and Happiness", 《Art and Life of Grandma Moses》, Grandma Moses ed. Otto Kallir, Gallery of Modern Art, New York, 1969.

76 《Grandma Moses》, Otto Kallir, Abrams, 1973.

77 《Grandma Moses》(Women of Achievement), Tom Biracree, Chelsea House Pub, 1989.

78 "American, Yes; Primitive, No", 〈Books & Culture〉, 2006. 11~12.

79 "Hildegard Bachert, who introduced Klimt and Grandma Moses to the American art scene, dies at 98", 〈The Washington Post〉, 2019.10.26.